UN DRÔLE DE NUMÉRO

ACTES SUD JUNIOR
est dirigé par Madeleine Thoby

Jamais deux sans trois

FIONA KELLY

UN DRÔLE DE NUMÉRO

Traduit et adapté de l'anglais par
SYLVIA GEHLERT

Illustrations de
JEAN CLAVERIE

ACTES SUD JUNIOR

Titre original :
Spy-Catchers !

ISBN 2-7427-0955-X

Loi 49-956 du 16 juillet 1949
sur les publications destinées à la jeunesse

1

UNE OMBRE DANS LA NUIT

Retenant son souffle, les yeux écarquillés et la bouche entrouverte, Jenny Adams fixait la silhouette sombre qui se glissait silencieusement au coin de la rue plongée dans l'obscurité. « Attention, eut-elle envie de crier, regardez derrière vous ! »
La lumière du réverbère frappa l'objet que l'homme tenait à la main. Un objet métallique. Un revolver !
Mais ce n'était pas l'homme au revolver que Jenny souhaitait désespérément mettre en garde, c'était l'autre. Enveloppé dans un grand manteau gris, il avançait dans la rue battue par la pluie, sans se douter de la menace qui pesait sur lui. C'était un homme séduisant, aux traits expressifs et sympathiques. Une boucle rebelle de

cheveux noirs lui tombait sur le front. C'était John Raven, le fameux agent secret, l'idole de Jenny.

Ses cheveux se dressèrent sur sa tête en voyant l'homme au revolver brandir son arme et la pointer dans le dos de l'autre.

Bang ! Le bruit de la détonation la fit sursauter. Sa cuiller lui échappa et une volée de corn-flakes poisseux atterrit sur le canapé.

– Tu ne peux pas faire attention, soupira la mère de Jenny, assise à l'autre extrémité.

La musique du générique de fin s'estompait, tandis que la présentatrice annonçait une page de publicité.

– Il l'a tué ! hurla Jenny, sans faire attention au bol de céréales qui valsait dangereusement sur ses genoux.

– Mais non, réfléchis, il faut qu'il soit présent au prochain épisode.

Et d'une pression énergique sur le bouton de la télécommande, Mme Adams arrêta la télé.

– Il est l'heure d'aller au lit, ma chérie.

– Ils n'ont pas le droit de faire ça, c'est pas juste ! Maintenant, il faut que j'attende une semaine pour savoir s'il va s'en sortir.

– Fais-moi confiance, il s'en sortira très bien. Et finis tes céréales, s'il te plaît !

Mme Adams se leva.

– Vu ton imagination débordante, je me demande si j'ai raison de te laisser regarder ce genre de film.

– Ah non, maman, tu ne vas pas recommencer !

D'un air exaspéré, Jenny posa le bol sur le tapis. Ramenant ses longs cheveux châtains en arrière, elle lança un petit sourire à sa mère.
– Écoute, j'ai douze ans, je ne suis plus un bébé. Je sais très bien que c'est du cinéma, mais je me laisse prendre par l'histoire. Il n'y a aucun mal à ça.
Elle détendit ses jambes et se mit debout.
– Alors, à ton avis, maman, comment va-t-il s'en sortir ?
– Oh, je pense qu'au dernier moment, il se retournera pour attraper la balle avec les dents. C'est le genre de choses qu'on apprend aux agents secrets.
– Très drôle ! Non, il porte un gilet pare-balles, ou alors...
Un petit pli vertical se creusait entre les sourcils de Jenny pendant qu'elle réfléchissait.
– ... Ou alors son manteau lui-même est équipé d'un pare-balles. Ou bien... oui, j'y suis ! Il a entendu un bruit suspect...
Jenny se mit à avancer en essayant vainement de distinguer le bruit de ses pas sur la moquette.
– Un bruit à peine perceptible, un frôlement que les gens ordinaires n'entendent pas. Quelque chose que seul un chasseur d'espions très entraîné est capable de remarquer. Comme le léger grincement d'une chaussure de cuir, par exemple.
Elle prit la position d'un coureur au moment du départ.

– Et tout à coup, il s'élance et fonce se mettre à l'abri sous un porche.

Joignant le geste à la parole, elle fit un bond sur le côté. Son pied droit atterrit dans le bol de céréales, éclaboussant de lait la moquette.

– On dirait que je n'ai pas de bol ce soir, gloussa-t-elle en agitant son pied humide.

– Jenny !!!

La patience de Mme Adams avait des limites et Jenny sentit qu'elles étaient dépassées.

– Ne bouge pas, maman ! Je vais à la cuisine chercher la serpillière.

– Tu ne regarderas plus ces histoires d'espionnage, c'est décidé. Ça te monte à la tête et c'est surtout un désastre pour la moquette.

À quatre pattes, Jenny ramassait les céréales poisseuses et épongeait le sol. Le nez sur la serpillière, elle demanda :

– Est-ce que je peux appeler Miranda ?

Miranda Hunt était la meilleure amie de Jenny.

– Ah non ! Pas question. À cette heure-ci, elle doit être au lit depuis longtemps.

– Certainement pas, elle aussi, elle regarde le feuilleton.

Jenny supplia sa mère du regard :

– S'il te plaît, maman, je voudrais juste lui demander comment elle pense que John Raven va s'en sortir.

Mme Adams resta ferme.

– Ça peut attendre demain. Maintenant, tu finis de nettoyer, tu rapportes ton bol à la cuisine et tu montes te coucher. Tu pourras faire tous les rêves d'espionnage que tu voudras.

– Je ne demande pas mieux. Et quand je serai grande, je serai agent secret ou détective, moi aussi.

Mme Adams sourit.

– Pourquoi pas ? Mais ça me paraît plus raisonnable d'attendre encore un peu.

Jenny lui donna un baiser et fila à la cuisine jeter le reste de céréales à la poubelle et ranger la serpillière.

– Papa viendra me dire bonne nuit en rentrant ? cria-t-elle.

– Chut ! Tu vas réveiller Arthur.

Le frère de Jenny avait huit ans. Comme tous les petits frères, il avait le don d'embêter sa sœur, qui le lui rendait bien.

– Arthur ? On peut faire exploser un pétard sur son oreiller sans qu'il se réveille. Alors, papa ?

– Ça dépend de l'heure à laquelle il arrivera. Bonne nuit, ma chérie, fais de beaux rêves.

Jenny, qui avait déjà grimpé la moitié de l'escalier, se retourna, un large sourire aux lèvres.

– Fais-moi confiance. Je sens que je vais attraper deux ou trois espions. Et pas n'importe lesquels.

Dix minutes plus tard, elle était confortablement installée dans son lit pour lire un ou deux chapitres de son nouveau livre, avant de dormir. C'était un roman palpitant, le genre de livre qu'elle préférait. Jenny dévorait les livres d'aventures, les histoires de détectives et les récits d'espionnage. Elle s'était constitué une petite bibliothèque et quand elle en relisait un, c'était toujours avec le même plaisir.

Jenny Adams vivait à Highgate, une banlieue au nord de Londres. Souvent, elle se disait que le centre de Londres regorgeait certainement d'agents secrets qui espionnaient la famille royale ainsi que le Parlement et tous les autres bâtiments gouvernementaux qui bordaient les rives de la Tamise. Elle imaginait que ces espions portaient de longs imperméables au col relevé, qu'ils sillonnaient les rues désertes au cœur de la nuit, un revolver caché sous l'aisselle et un appareil photo miniature dans une boutonnière.

La porte de sa chambre s'ouvrit et Mme Adams passa la tête.

– Tu as assez lu ce soir. Il est tard et tu as école demain. Éteins tout de suite, s'il te plaît. Même les agents secrets ont besoin de dormir.

– D'accord, soupira Jenny en appuyant sur le bouton de sa lampe de chevet.

Elle n'avait pas le choix. Mais comment dormir quand on n'a pas sommeil ? Les yeux grands ouverts dans l'obscurité, Jenny se sentait parfaitement éveillée et elle décida de se concentrer sur les bruits qui venaient de l'extérieur.

Clac, clac, clac, clac : une femme marchait dans la rue avec des talons hauts. Miaou : une bagarre de matous dans le jardin des voisins.

Elle entendit au loin un crissement de pneus sur la chaussée mouillée, le ronronnement distant d'un avion emportant ses passagers vers des destinations lointaines. Jenny les envia, ils avaient bien de la chance !

Une voiture se rangea devant la maison, le moteur s'arrêta, une portière claqua. Jenny rampa vers le pied de son lit, écarta le rideau et regarda dehors. Ce soir encore, son père rentrait très tard du bureau.

Depuis quelque temps déjà, M. Adams travaillait tard. Jenny savait qu'il n'était pas heureux au bureau car ce qu'il aimait avant tout, c'était le travail du bois. Au sous-sol, il s'était aménagé un petit atelier de menuiserie où il fabriquait des objets pour la maison. Lorsque Jenny lui avait demandé pourquoi il faisait des heures supplémentaires, il lui avait expliqué qu'ils avaient besoin de cet argent pour vivre.

– Je veux bien avoir moins d'argent de poche, si ça peut te faire rentrer plus tôt, avait-elle déclaré.

M. Adams l'avait serrée dans ses bras.

– C'est très gentil, ma chérie, mais ne t'en fais pas pour moi. Un jour, je quitterai ce travail pour de bon et je m'installerai

comme menuisier. Tu verras, il suffit d'avoir encore un peu de patience.
Pendant que Jenny regardait son père faire le tour de la voiture et s'approcher de la maison, une chose étrange attira son attention. C'était une ombre, plus loin, de l'autre côté de la rue. Une silhouette qui semblait s'appuyer contre le mur d'une maison. Un homme parfaitement immobile dans le noir, caché entre deux réverbères.
Jenny se frotta les yeux. Pourquoi quelqu'un restait-il planté là, sans bouger, à cette heure tardive ? À moins que… Oui, à moins qu'il ne fasse le guet ! Jenny se recroquevilla dans l'encoignure de la fenêtre pour ne pas se faire voir. Un espion ? Non, pas ici. Il n'y avait rien à espionner à Highgate. Alors, un cambrioleur ? Un cambrioleur qui attendait que les lumières s'éteignent et que tout le monde dorme profondément pour s'introduire dans la maison…
Le cœur de Jenny se mit à battre plus fort. L'homme n'avait pas bougé d'un millimètre. Voilà qui confirmait ses soupçons !
Son cœur battait la chamade au moment où quelqu'un ouvrit doucement la porte de sa chambre.
– Jenny ! Peux-tu me dire ce que tu fais là ?
M. Adams entra. Il n'avait pas pris le temps d'enlever son manteau. Jenny murmura d'une voix étranglée :
– Vite ! Il y a quelqu'un qui observe la maison. Je crois que c'est un cambrioleur.

Les sourcils remontés en accents circonflexes, M. Adams traversa la chambre.
– Un cambrioleur ? Ah bon. Et où ça ?
– Là-bas, chuchota Jenny. De l'autre côté de la rue. Baisse-toi, sinon il te verra.
D'un geste énergique, M. Adams poussa les rideaux et ouvrit la fenêtre.
– Hé vous là-bas, monsieur le cambrioleur, tirez-vous où j'appelle la police !
L'ombre resta immobile.
Il haussa les épaules et sourit à sa fille.
– Fausse alerte, ma chérie. Ton cambrioleur m'a l'air d'être un vieux tapis enroulé que quelqu'un a posé là pour le ramassage des objets encombrants, demain matin.
Jenny passa la tête par la fenêtre pour mieux regarder. Un frisson la parcourut. Elle était à la fois déçue et soulagée. Elle se ressaisit :
– N'empêche que ça ressemble à un cambrioleur.
– Je suis d'accord, mais maintenant tu files au lit, sinon on va avoir des ennuis avec ta mère.
Jenny s'enfonça sous sa couette, plus réveillée que jamais.
– Et si ça avait été un cambrioleur, papa ? Il valait mieux vérifier, non ? C'est comme dans le livre que je suis en train de lire. C'est l'histoire d'un cambrioleur qu'on appelle le Chat parce qu'il est capable de grimper en haut d'un immeuble sans le moindre appui. Ensuite, il passe par une

fenêtre sans que personne n'entende. Pour son dernier cambriolage, par exemple, il...

– La suite au prochain numéro. Essaie de penser à autre chose pour t'endormir. Tu ne vas quand même pas passer la nuit à te faire peur avec des histoires de cambrioleurs.

– Mais les cambrioleurs ne me font pas peur du tout, protesta Jenny.

Elle s'assit toute droite dans son lit et poursuivit son idée :

– Bientôt, je serai capable de m'occuper d'eux. Tout ce qu'il faut, c'est un grand filet. On l'étend par terre et on le relie à un mécanisme qui se déclenche dès que le cambrioleur pose le pied sur le filet. Qui se resserre aussitôt sur lui. Un joli paquet cadeau pour la police.

– Merci de m'avoir prévenu. Dorénavant, je regarderai où je mets les pieds. Et je pense qu'on devrait mettre une plaque sur le portail : « Attention ! Cette maison est équipée d'un dispositif anti-infraction de la marque Jenny ! »

– Pas mal comme piège, non ? Et j'en ai imaginé plein d'autres.

– Je te fais confiance. Bonne nuit, ma fille. Je meurs de faim.

La porte se referma derrière M. Adams et Jenny se retrouva de nouveau seule dans l'obscurité. Elle pensa à l'agence de chasseuses d'espions qu'elle créerait plus tard avec Miranda. Comment l'appeler ? Agence Jenny et Miranda, chasseuses d'espions ?

Non, ça ne faisait pas très professionnel. Adams et Hunt ? Déjà mieux. Adams et Hunt, détectives. Oui, ça pouvait aller. Sur la porte de leur agence, elles feraient graver leurs deux noms, en lettres dorées. Elles auraient chacune un bureau et des piles de dossiers à étudier, tous plus compliqués les uns que les autres.

Jenny bâilla et se blottit contre son oreiller. Il ne faut pas que je m'endorme, se dit-elle, au bord du sommeil. En effet, il fallait encore penser à tout le matériel dont Miranda et elle auraient besoin : l'encre sympathique, les appareils photo microscopiques, les portefeuilles pourvus de poches secrètes et, naturellement, les téléphones portables qui auraient l'aspect d'une montre-bracelet.

« Il faut que j'en parle à Miranda et qu'on fasse une liste demain. Il faudra acheter un cahier. Un cahier… »

Quelques instants plus tard, Jenny dormait profondément.

2

ADAMS ET HUNT, DÉTECTIVES

Le lendemain, au petit déjeuner, Jenny se demandait toujours par quel moyen l'agent John Raven allait bien pouvoir échapper aux balles de son ennemi.

– Des bottes-fusées, proposa Arthur à qui elle avait expliqué la situation.

– Pardon ?

Arthur finit de beurrer sa tartine de pain grillé avant de répondre.

– Des bottes avec de minuscules fusées cachées dans les talons. Pour les faire fonctionner, il a une télécommande dans sa poche. En cas de danger, il appuie sur le bouton et il décolle de dix mètres du sol.

– C'est ridicule ! Il se tuerait en retombant.

– Non, parce qu'il a un manteau spécial qui peut se transformer en parachute.

Sentant qu'il aurait du mal à défendre son invention, Arthur décida de passer à l'attaque.
– Maman, pourquoi est-ce que je n'ai pas le droit de regarder la série ?
Mme Adams referma son journal.
– Parce que tu es encore trop petit.
– Papa, dis à maman que je ne suis pas trop petit, insista Arthur.
M. Adams était plongé dans le compte rendu du match Manchester United contre Liverpool.
– Trop petit pour faire quoi ?
– Je t'expliquerai, lui dit sa femme
Et se retournant vers Jenny et Arthur, elle ajouta :
– Les enfants, il est l'heure d'aller à l'école.
– Ce n'est pas juste. Pourquoi a-t-elle toujours le droit de tout faire et pas moi ? s'entêta Arthur.
Jenny lui tira la langue, prit son cartable et partit en courant. Chemin faisant, elle pensa que son petit frère était décidément très casse-pieds.
Tout en marchant d'un bon pas, elle observait les passants, laissant libre cours à son imagination. Y avait-il quelqu'un de suspect parmi eux ?
Sur le trottoir d'en face, une vieille dame avançait en s'aidant péniblement de sa canne. C'était peut-être un agent secret savamment déguisé ? Une jeune femme traversait avec un landau. L'enfant qui y

dormait, était-ce un vrai bébé ou bien un poupon grandeur nature, le ventre bourré de documents volés ?

L'enfant lança un jouet qui tomba par terre.

« Bon, cette fois-ci, c'en est un vrai, se dit Jenny, mais c'est le genre de ruses que les agents secrets ont l'habitude d'imaginer. »

Elle tourna dans la rue qui menait au collège. C'était un bâtiment moderne en verre, béton et métal laqué blanc qui s'élevait dans un vaste espace de verdure, entouré d'aires de jeu et de terrains de sport. Au-dessus du portail, un grand panneau annonçait : « Collège Thomas Petheridge. »

Sur le trottoir et dans la cour du collège, des petits groupes d'élèves discutaient pendant que d'autres se dirigeaient vers la porte d'entrée.

– Jenny !

La voix de Miranda Hunt dépassait le niveau du brouhaha général d'une bonne dizaine de décibels. Elle avait une des voix les plus perçantes que Jenny n'avait jamais entendues et, quand elle se mettait à rire, tout le monde se retournait sur elle. Jenny était persuadée qu'on pouvait entendre son rire à cinq kilomètres à la ronde, surtout si le vent lui donnait un petit coup de pouce !

Miranda accourut vers Jenny, menue et souriante, ses longues mèches blondes flottant autour de son visage rond et pétillant d'excitation. À bout de souffle, elle demanda :

– Tu as regardé hier soir ? Génial, non ? Tu crois qu'il va s'en sortir ? T'as une idée ?

Jenny aimait Miranda parce qu'elle était chaleureuse et spontanée et parce qu'elles se comprenaient sans même avoir à se parler. Elle haussa les épaules :

– Arthur prétend qu'il se servira de bottes éjectables.

– N'importe quoi. Non, ce qui va le sauver, c'est son gilet pare-balles.

– C'est ce que je pense, moi aussi.

Secrètement, Jenny était soulagée que Miranda n'ait rien trouvé de plus intéressant à proposer. C'était toujours embêtant d'admettre que Miranda puisse trouver une solution meilleure que la sienne. Surtout pour résoudre l'énigme des livres à suspense qu'elles lisaient en même temps. Elles s'étaient fixé une règle de jeu. Après avoir lu la première moitié d'un nouveau livre, chacune devait noter sur une feuille comment elle imaginait l'issue de l'histoire. Ensuite, elles terminaient leur lecture. Celle dont la solution s'approchait le plus du dénouement imaginé par l'auteur avait gagné. Il arrivait même que l'une d'elles trouve une solution qui leur paraissait meilleure encore que celle proposée dans le livre. La gagnante se voyait alors décerner le titre de Meilleure Détective.

Ce matin, Jenny et Miranda n'avaient pas les mêmes cours. Elles se donnèrent rendez-vous à la bibliothèque du collège à l'heure de la récréation.

C'est là qu'elles se réunissaient pour rédiger le journal des sixièmes et des cinquièmes qui s'appelait *Le Tom-Tom* : son titre faisait allusion au nom du collège – Thomas Petheridge – et au tam-tam africain. *Le Tom-Tom* paraissait une fois par mois. Il ne comportait que quelques feuilles photocopiées, mais Jenny et Miranda en étaient très fières. C'était le fruit de leur travail.

En plus de devenir agent secret, Jenny rêvait de travailler comme journaliste. Elle aimait écrire, aussi, mais elle se disait que le métier de journaliste constituerait une bonne « couverture ». Quand on lui demanderait ce qu'elle faisait pour gagner sa vie, ne pouvant pas révéler ses activités secrètes, elle dirait tout simplement : « Oh moi, je suis journaliste, vous savez. »

Pendant la journée, une Jenny souriante et discrète mènerait sa vie de journaliste. Mais à la tombée de la nuit, sa véritable identité se dévoilerait. Ce serait elle le cauchemar de tous les espions ennemis.

Miranda s'occupait tout spécialement de la rubrique « Bonnes blagues » où figuraient des classiques telles que : « Qu'est-ce qui est vert, qui monte et qui descend ? Un petit pois dans un ascenseur. »

Les élèves lui envoyaient quantité de devinettes, parmi lesquelles elle sélectionnait les meilleures. C'était un vrai casse-tête,

étant donné le nombre incroyable de blagues lamentables, et elle y passait parfois plus de temps qu'à la rédaction du reste du journal. De toutes les rubriques, une des dernières trouvailles de Jenny et de Miranda était la rubrique « Mystères et faits étranges ». Elles y parlaient des romans policiers qu'elles avaient lus, ainsi que des films qu'elles avaient vus à la télé.
C'était celle qui les passionnait le plus.
Elles comptaient justement y travailler ce matin à la bibliothèque. Pour se mettre dans l'ambiance, elles commencèrent par discuter de leur sujet favori : comment devenir un parfait chasseur d'espions.
En scrutant l'empreinte de ses dents sur le bout de son crayon tout neuf, Miranda résuma :
– Pour devenir chasseur d'espions ou détective, il faut être motivé. Mais ça ne suffit pas.
– Bien sûr que non. Il faut aussi avoir l'œil aux aguets et le cerveau qui marche à toute vitesse.
Jenny sentait que le sien s'épuisait à rechercher d'autres caractéristiques.
– Il faut savoir se fondre dans la foule, se rendre invisible, etc.
Miranda tapa sur la table d'un coup de crayon.
– J'ai compris, mais ça s'apprend comment ?
– En s'entraînant. Il faut beaucoup de pratique pour acquérir de l'expérience. Et c'est d'ailleurs ce qui nous manque !

Elle se renversa sur sa chaise, son regard s'échappa par la fenêtre. Les yeux dans le vague, elle poursuivit :

– C'est pourquoi nous devrions établir un projet de recherche. Comme les profs, quand ils nous donnent une enquête à faire sur un sujet et qu'ils nous disent que c'est en cherchant qu'on apprend.

– Mais quel genre d'enquête ?

– On pourrait s'entraîner à suivre des gens dans la rue sans qu'ils s'en aperçoivent. Noter où ils vont, ce qu'ils font, à qui ils parlent. Faire des fiches, écrire des rapports.

Miranda n'avait pas l'air convaincu.

– Qui veux-tu suivre ici ? Franchement, connais-tu une seule personne à Highgate qui vaille la peine d'être suivie ?

– On pourrait commencer par ta mère, par exemple. Elle travaille bien pour le gouvernement, non ?

Miranda éclata de rire :

– Ma mère, un agent secret ! Ça, c'est une bonne blague ! Tu veux que je la note pour ma rubrique ? Non, sérieusement, tu n'y penses pas ! Ma mère est fonctionnaire, c'est vrai. Mais tout ce qu'elle fait, c'est traduire en anglais des documents ennuyeux.

– Ennuyeux peut-être, mais étrangers ! triompha Jenny. Va savoir ce que contiennent ces documents. Toutes sortes d'informations secrètes et superconfidentielles, j'imagine. Une bonne raison pour que des espions la suivent partout.

Miranda s'esclaffa :
– Ma mère poursuivie par des espions ! Les pauvres, ils ne lui résisteraient pas cinq secondes. Elle est championne de karaté, elle aurait tôt fait de s'en débarrasser et de les priver de leur arme.
– Mais les bons agents passent inaperçus. Imagine qu'ils aient un double de la clé de l'endroit où elle travaille. Ils attendent la nuit pour s'introduire dans le bâtiment. Ils vont dans le bureau de ta mère, photographient tous les documents secrets avec leur appareil spécial et repartent, ni vu, ni connu. Un petit avion les attend déjà quelque part. Et le lendemain matin, les photos des documents seront entre les mains d'une puissance étrangère. C'est comme ça que ça se passe, tu sais bien.
Jenny était contente de son récit. Bref, concis et dramatique. Quant à Miranda, elle haussa les épaules.
– Je ne vois pas ce qu'on pourrait faire pour l'éviter… À moins que quelqu'un n'essaie de photographier les papiers que ma mère rapporte à la maison !
Chez les Hunt, une petite pièce servait occasionnellement de bureau aux parents de Miranda. Quand sa mère avait un travail urgent à terminer, elle rapportait des dossiers à la maison et travaillait à son ordinateur jusque tard dans la nuit.
– Voilà notre projet ! s'écria Jenny. On va assurer la protection de ses dossiers. Il fau-

drait mettre en place un système d'alarme. Tu veux que je vienne chez toi, après l'école ?

– D'accord. Ce serait notre première affaire : Hunt et Adams, chercheuses d'espions.

Jenny haussa les sourcils.

– Tu ne trouves pas que Adams et Hunt, ça sonne mieux ?

– Et si on cherchait un autre nom, quelque chose de plus original ?

– Si tu veux.

La cloche sonna la fin de la récréation. Rapidement, elles ramassèrent leurs papiers éparpillés. Jenny pensa aux articles qu'il fallait encore rédiger.

– On n'a pas beaucoup avancé.

– On peut se retrouver à l'heure du déjeuner et on s'y met vraiment.

Le journal devait impérativement sortir vendredi matin, à la veille des vacances d'automne. Il restait encore à finir de l'écrire, à corriger les textes, à photocopier les pages et à les assembler, ce qui ne laissait pas beaucoup de temps.

– Il est difficile de faire deux choses à la fois, soupira Jenny en rangeant ses brouillons d'article dans son cartable. Surtout quand l'une des deux consiste à monter une agence de détectives.

3

LES YEUX ROUGES DE L'ARAIGNÉE

– Coucou, c'est moi ! Il y a quelqu'un ?
La voix de Miranda résonna dans toute la maison, mais personne ne répondit. Elle lança son cartable dans un coin de l'entrée.
– Quelle chance, on est tranquilles ! Rachel et Becky ne sont pas encore rentrées.
Rachel et Rebecca, que tout le monde appelait Becky, étaient les grandes sœurs de Miranda, des jumelles de quinze ans. Grandes, minces et blondes, elles se ressemblaient comme deux gouttes d'eau, sauf que Rachel avait les cheveux courts et que le nez de Becky était légèrement plus grand que celui de sa sœur.
Souvent, Jenny s'était dit que même si Arthur était par moments insupportable, il

avait au moins l'avantage d'être unique en son genre. Et il était plus petit qu'elle, ce qui lui permettait de le calmer quand il devenait trop embêtant. Elle se demandait comment Miranda faisait pour supporter ses deux sœurs, qui ne cessaient de mettre leur nez dans ses affaires. Sans parler de leurs commentaires, qui ne faisaient rire qu'elles.
Jenny et Miranda s'installèrent dans la cuisine pour un goûter rapide et pour discuter du système d'alarme.
– On a besoin de quelque chose qui déclenche une sonnette dès que quelqu'un ouvre la porte du bureau. Des fils de fer, par exemple, qui seraient attachés à la poignée. On ouvre la porte, ça se met à sonner et toute la maison est alertée.
– Tu as une sonnette ?
– Non, mais à la cave il reste une bobine de fil de nylon que mon père utilise pour pêcher à la ligne. On pourrait s'en servir. On le ferait courir le long du mur, du bureau au couloir et de là, par l'escalier, jusqu'à ma chambre. Et là, il faudrait l'attacher à un meuble.
– Ça fait des mètres et des mètres de fil. Comment tu feras pour qu'ils tiennent en place ?
– En les fixant avec des clous, suggéra Miranda.
Elle se reprit aussitôt :
– Non, ce n'est pas une bonne idée. Je crois que mes parents n'apprécieraient pas que je

transforme la maison en gruyère. Finalement, ça m'a l'air plus compliqué que je ne pensais.
– Pas forcément.
Jenny avait attendu ce moment-là.
– J'ai une autre idée. Pas de système d'alarme, je suis d'accord. Par contre, on pourrait leur filer une telle frousse qu'ils se sauveraient à toutes jambes.
De la poche de sa veste, elle sortit une hideuse chose noire et velue qui tremblotait dans sa main.
– Ouarrk, hurla Miranda en apercevant l'énorme araignée en plastique mou.
– Je l'ai empruntée à Arthur, expliqua Jenny. Imagine un peu ! Tu ouvres la porte et tout à coup, cette bestiole immonde te tombe dessus.
– Super, gloussa Miranda.
Elle passa un doigt sur la tête visqueuse de l'araignée.
– Tu as de beaux yeux rouges, tu sais, lui susurra-t-elle.
Jenny remit le monstre dans sa poche.
– Il suffit de l'attacher à un fil fixé à l'intérieur du cadre de la porte du bureau. Il faut mesurer le fil de façon à ce que l'araignée se balance à hauteur des yeux au moment où quelqu'un pousse la porte. C'est simple.
– Non, c'est génial, dit Miranda.
Elle tendit le paquet de chips à Jenny.
– Finis-les, et puis au boulot !

Il leur fallut une petite demi-heure pour monter le piège à espions. Dès le premier essai, il fonctionna à merveille. Jenny poussa la porte et l'araignée vola vers elle, ses grosses pattes velues s'agitant dans le vide. Jenny eut juste le temps de se baisser pour l'éviter. Miranda frissonna en suivant des yeux les balancements de la bête au bout de son fil invisible.

– Quel joli petit cauchemar ! Tu remercieras bien ton frère, rigola-t-elle.

Jenny espérait surtout qu'Arthur ne s'apercevrait pas de sitôt de l'absence de son araignée.

– D'accord, dit-elle, mais en attendant de nous en servir, il faut débrancher notre piège. Sinon, ta mère ou ton père risquent d'avoir une surprise. Et ce ne serait pas du tout dans notre intérêt. On va bloquer le fil avec une punaise.

– Viens, dit Miranda, j'en ai dans ma chambre.

Jenny fit repasser l'araignée au-dessus de la porte et referma celle-ci.

– Je suis assez contente de nous, dit-elle.

– Ravie, tu veux dire, ma vieille, cria Miranda du haut de l'escalier. C'est une idée qu'il faudrait faire breveter, tu sais.

Lorsque Jenny entra dans la chambre, elle vit Miranda à quatre pattes.

– Ne bouge pas ! J'ai renversé ma boîte à punaises, mais je les ai presque toutes retrouvées. Tu en vois encore ?

– Oui, à côté de ton pied gauche. Ça me

donne une autre idée : On pourrait renverser quelques boîtes de punaises sur le plancher du bureau. Pour ceux qui ne craindraient pas les araignées.
– Mais ils n'y vont pas pieds nus, réfléchis !
– On ne sait jamais. Suppose qu'ils enlèvent leurs chaussures pour ne pas faire de bruit.
Miranda se releva. Avec un soupir, elle laissa tomber la dernière punaise dans la boîte.
– Ce n'est rien de les renverser, mais pour les ramasser, bonjour ! Je propose que pour l'instant, on en reste au piège de l'araignée.
Aucune des deux n'avait entendu la porte d'entrée s'ouvrir et se refermer. La première chose qui leur signala la présence d'une autre personne dans la maison fut un long cri d'épouvante suivi d'un bruit sourd. Elles se regardèrent pendant une fraction de seconde puis se précipitèrent vers l'escalier.
Elles virent Rachel assise par terre dans le couloir, le dos au mur. À côté d'elle gisait un sac en plastique éventré, dont le contenu était éparpillé sur le sol. La porte du bureau était ouverte. Les yeux exorbités, Rachel fixait l'araignée qui se balançait allègrement en bougeant ses pattes. Des hoquets agitaient Rachel, elle était terrorisée.
– Calme-toi, lui cria Miranda, c'est une araignée en plastique.
Rachel tourna un visage ahuri vers sa sœur. Elle fit un effort pour respirer, puis elle cria :
– Quoi ? Qu'est-ce que tu dis, espèce de petite idiote ? Tu es complètement cinglée !

Tremblante de rage à présent, elle se remit debout. Ses yeux lançaient des éclairs.
– Pauvres imbéciles ! Il était censé être drôle, votre truc ? Eh bien, je peux vous dire que c'est raté.
– Non, cria Miranda encore plus fort, c'était censé être un piège pour ceux qui n'ont rien à faire dans cette pièce. C'est plutôt réussi, non ?
– Ah oui ? Tu appelles ça une réussite ?
D'un geste furibond, Rachel désigna le plancher où s'étalaient le contenu d'un paquet de sucre crevé ainsi qu'une demi-douzaine d'œufs qui n'avaient pas davantage résisté à la chute.
– Tu vois un peu le résultat ? Et qu'est-ce que maman va dire !
– Tu n'avais qu'à ne pas mettre les pieds dans son bureau. Tu peux me dire pourquoi tu y allais ?
– Oui, ma chérie, pour déposer le ticket de caisse sur la table de maman. C'est elle qui me l'avait demandé. Et maintenant, grouillez-vous de tout nettoyer avant qu'elle rentre ! Et ne comptez pas sur moi pour vous aider !
Elle arracha l'araignée de son fil et la lança sur Miranda.
– Et puis n'oublie pas de retourner faire les courses. Avec ton argent de poche.
Rachel disparut dans la cuisine et en claqua la porte.
Les deux amies se regardèrent d'un air entendu.

– La première qui rigole a perdu et devra accompagner l'autre au supermarché, dit Miranda en agitant l'araignée devant les yeux de Jenny.

Jenny se mordit la lèvre pour ne pas rire.

– Ça a marché, chuchota-t-elle. Le cri qu'elle a poussé, et la tête qu'elle faisait !

Les yeux révulsés et la bouche tordue, Miranda singea l'air horrifié de sa sœur. C'était trop. Toutes deux éclatèrent de rire au même moment.

– Vous rirez moins quand j'aurai tout raconté à maman, les menaça Rachel depuis la cuisine.

– Alors, comment ça s'est passé avec ta mère ? demanda Jenny quand elle revit Miranda, le lendemain matin au collège.

– Elle a dit que ce n'était pas son bureau qu'il fallait protéger des cambrioleurs, mais toute la famille qu'il fallait protéger de moi.

Elle gloussa.

– Ou plutôt de nous deux.

– Donc moi aussi, je suis sur sa liste noire ?

– Bien vu. Je crois que pour l'instant, il vaut mieux ne plus essayer de rendre service à ma mère.

Elle rejeta ses cheveux en arrière.

– Tant pis pour elle. Je l'aurai prévenue.

– Tu veux dire que tu lui as tout raconté ?

– Bien sûr. Et elle m'a répondu que si jamais des espions s'intéressaient aux fiches techniques des pompes à égouts fabriquées en

Belgique, ils seraient les bienvenus. Parce que c'est tout ce qu'ils trouveraient.

Jenny fit une grimace.

– Des pompes à égouts ? Beurk !

– Oui. Elle m'a dit qu'elle n'avait jamais de dossiers secrets à traduire. Voilà, la chasse aux espions est terminée. Et maintenant, vivement les vacances !

– Pas si vite ! Justement, j'ai une autre idée.

Miranda se couvrit le visage des deux mains.

– Ah non, Jenny, pitié ! Ça suffit !

Jenny fouilla dans son cartable.

– Regarde ce que j'ai retrouvé !

Elle brandit un livre aux pages écornées.

– *Patricia, l'espionne en herbe* ?

Miranda s'esclaffa.

– C'est vieux, ce truc là ! Ça me rappelle l'école primaire.

Ce livre, elles l'avaient acheté ensemble. Et ensemble, elles l'avaient lu et relu tant de fois qu'elles en savaient des pages entières par cœur. Leur passion pour les énigmes et les histoires d'espionnage était née à ce moment-là. Patricia, l'héroïne du livre, vivait à New York. Elle passait son temps libre à se promener dans son quartier. Elle observait ses voisins et elle notait leurs faits et gestes par le détail dans un cahier secret. Miranda feuilleta les premières pages du livre, souriant quand elle retrouvait un de ses passages préférés. Puis elle le referma et le rendit à Jenny.

– Non, dit-elle, pas question. Je n'ai pas envie que nos voisins se plaignent à ma mère parce qu'on les suit partout. Et puis, à quoi bon ?

– Tu n'y es pas du tout.

Jenny posa son cartable par terre et s'affaira un bon moment avant d'y trouver une place pour le livre, pour laisser monter le suspense.

– Alors ? demanda Miranda.

– Alors rien, dit Jenny. C'est juste que j'ai vu quelqu'un se comporter d'une façon très bizarre. Il se balade toujours avec un petit carnet et il n'arrête pas de prendre des notes. C'est tout.

– Comment c'est tout ! s'exclama Miranda. Qui est-ce ? Qu'est-ce qu'il note ? Raconte !

– Je n'en sais rien et je n'arrive pas à comprendre, voilà le problème. Pourtant, j'aimerais bien savoir ce qu'il note et pourquoi. Je l'ai aperçu trois ou quatre fois, ces jours-ci.

Jenny crut voir une lueur d'intérêt dans les yeux de Miranda. Elle lui lança un sourire complice.

– On pourrait le suivre facilement. Surtout qu'on sera en vacances et qu'on aura tout notre temps. On l'observera à tour de rôle, puis on fera des fiches, on trouvera où il habite et ce qu'il fait.

Miranda hésitait toujours.

– Tu es sûre qu'on n'aura pas d'ennuis ?

– Le risque fait partie de la formation d'un détective, déclara Jenny sur un ton solennel. Et si on s'y prend intelligemment, il ne s'apercevra de rien.

Miranda secoua la tête.
– Finalement, je crois que c'est non, Jenny. L'ennui, avec tes idées, c'est qu'elles finissent toujours par me retomber dessus. Et je voudrais vraiment passer des vacances tranquilles, sans histoires avec mes parents.
Jenny la fixa du regard d'acier qu'elle avait copié sur John Raven.
– Miranda Hunt, ou bien tu décides d'être un détective exceptionnel quand tu seras grande ou bien tu empileras des boîtes de conserves dans un supermarché. C'est comme tu préfères.
– Est-ce que tu me laisses le choix ? soupira Miranda.
– Pas vraiment.
Jenny rayonnait d'enthousiasme. Miranda la connaissait. Impossible de la faire changer d'avis quand elle avait une idée en tête.
– Bon, disons que c'est d'accord. Mais qui est l'individu que nous devons observer ?
Jenny lui fit signe de se taire.
– Rendez-vous après l'école devant le portail, chuchota-t-elle. Je t'emmènerai à l'endroit où je l'ai vu.
Elle regarda autour d'elle.
– Et pas un mot ! Pour que notre mission soit un succès, nous devons garder le secret le plus absolu.
Le rire joyeux de Miranda fusa.
– Jenny, tu es la fille la plus étonnante que j'aie jamais connue.

4

RENCONTRE DANS UNE IMPASSE

– Le voilà, chuchota Jenny.

Au lieu de prendre le chemin habituel qui les ramenait à leur maison par les petites rues de Highgate, Jenny avait entraîné Miranda vers les avenues animées du centre ville. Elles débouchèrent sur une grande avenue commerçante très animée. À l'une de ses extrémités se trouvait un rond-point. Les voitures qui se dirigeaient dans ce sens roulaient au pas. Arrivées à la hauteur du rond-point, les deux filles durent attendre un moment avant de pouvoir traverser. La circulation y était toujours très dense.

Miranda regarda dans la direction qu'indiquait l'index de Jenny. Un garçon vêtu d'une paire de jeans et d'une veste noire était assis sur un muret à proximité du rond-point. Il était mince, ses cheveux châtains lui tombaient sur le front, et il observait le flot ininterrompu de voitures et de camions de livraison qui avançaient avec difficulté. À première vue, il semblait avoir à peu près le même âge qu'elles.

– Mais c'est un garçon ! s'exclama Miranda.

– Rien ne t'échappe, se moqua Jenny.

– T'as rien compris ! Je croyais que c'était un adulte. Je sens que ça va être la filature du siècle.

Dissimulées sous l'auvent, les deux filles virent le garçon qui scrutait attentivement la circulation et gribouillait de temps à autre quelque chose sur son carnet.

– Il collectionne des numéros de voitures ? Comme c'est passionnant ! Il faut être un garçon pour faire un truc pareil.

– Ce qu'il fait est très intelligent. Même toi, tu es tombée dans le piège.

– Comment ça ?

Miranda faillit être vexée, mais sa curiosité l'emporta.

– Attends, tu veux dire qu'il fait semblant ?

– Oui, il fait semblant de noter des numéros de voitures mais en réalité, il attend une voiture bien précise.

– Quel genre de voiture ?

La voix de Jenny se fit mystérieuse.

– Je ne sais pas encore. Une voiture diplomatique peut-être, avec un personnage très important à l'intérieur. Et lui, il fait le guet

pour des services secrets étrangers qui ont l'intention d'enlever cette personne.
– Un garçon de notre âge qui travaillerait pour des services secrets ? Tu délires complètement !
Jenny prit un air dédaigneux.
– Pas du tout. C'est le meilleur moyen de tromper tout le monde. Personne ne soupçonnerait quelqu'un de notre âge d'être un espion. La preuve c'est que même toi, tu t'es fait avoir.
Miranda la dévisagea et se mit à glousser.
– Je ne vois pas ce qu'il y a de si drôle, se défendit Jenny.
– Mais rien, Jenny, rien. Tout cela est à considérer avec le plus grand sérieux. Merci de m'avoir ouvert les yeux !
Et, se tournant vers un public imaginaire, Miranda arbora le parfait sourire des présentatrices télé :
– « Chers téléspectateurs, comme vous venez de le voir, nos deux héroïnes viennent de débusquer un jeune espion particulièrement malin. Réussiront-elles à le démasquer ? La suite nous le dira. Rendez-vous la semaine prochaine à la même heure. Je vous souhaite une bonne fin de soirée en compagnie de nos programmes. »
Elle se retourna vers Jenny. Pas la moindre réaction. Juste un grand silence.
– Tu boudes ?
– Non, j'attends la pub, ronchonna Jenny, déjà à moitié souriante.

Miranda lui passa un bras autour du cou.
– Tu le trouves vraiment suspect ?
– Patrick ? Ah oui.
– Comment sais-tu qu'il s'appelle Patrick ?
– C'est son nom de code. Regarde !
Elle sortit un stylo et un carnet de notes tout neuf de sa poche. En haut de la première page, elle avait écrit : « Nom de code : Patrick. »
– Quand on ouvre un dossier sur un individu suspect, on commence toujours par lui donner un nom de code, expliqua-t-elle. Elle jeta un coup d'œil sur sa montre. Il ne me reste plus qu'à marquer la date, l'heure et le lieu exacts où nous l'avons trouvé.
– Et puis ?
– Et puis, nous le suivons.
– Il n'a pas l'air de vouloir bouger.
– Il suffit d'attendre, il ne va pas rester assis là éternellement.
Miranda respira très fort pour ne pas éclater de rire. Jenny lui jeta un regard en coin.
– Vas-y, rigole ! Il faut avoir le courage de ses opinions.
– Excuse-moi, Jenny, mais je ne me vois pas suivre ce pauvre garçon. Il a autant l'air d'un redoutable kidnappeur de diplomate que moi d'une dangereuse braqueuse de banque. C'est un garçon sans intérêt qui s'amuse avec les trucs qui intéressent les garçons de son âge. Un point, c'est tout !
Les yeux gris de Jenny virèrent au noir.

– Miranda Hunt, veux-tu toujours être mon associée dans notre future agence de détectives ?

– Quelle question, bien sûr !

– Alors, écoute-moi bien ! Ceci est un exercice d'entraînement. Que ce garçon note des numéros de voitures ou qu'il fasse tout à fait autre chose n'a pas d'importance. L'important c'est qu'on le file sans qu'il s'en aperçoive, vu ?

Miranda sourit de toutes ses dents.

– Ah, fit-elle, je comprends. C'est uniquement pour faire semblant. Ça me rassure. J'avais peur que tu croies vraiment à cette histoire d'enlèvement.

Jenny s'abstint de tout commentaire.

– Tu es d'accord pour le suivre ?

– Oui.

Miranda lança un regard en direction du garçon.

– Encore faudrait-il qu'il bouge.

– Il bougera.

– Et il faudra le suivre pendant combien de temps ?

– Jusqu'à ce qu'on sache tout ce qu'on veut savoir. Ça peut prendre quelques jours.

– Je te préviens, Jenny, je ne passerai pas toute ma semaine de vacances à courir après un garçon. Mes sœurs, elles adorent ça, mais pas moi. Aïe, tu me fais mal !

Brusquement, Jenny avait serré le bras de Miranda.

– Regarde, fit-elle à voix basse, il s'en va !

Le garçon avait quitté sa place sur le muret et s'éloignait.

– Bon débarras, murmura Miranda, allez, on rentre ?

– Mais non, espèce de nouille, je t'ai dit qu'on le suivait.

Et Jenny s'élança, tirant énergiquement Miranda à sa suite.

Elles plongèrent dans la foule. Le garçon marchait tête baissée, d'un pas vif et décidé.

Jenny adopta le même sourire en coin que John Raven lorsqu'il se savait engagé sur une piste prometteuse.

Arrivé à un passage protégé, le garçon s'arrêta au milieu d'autres gens en attendant que le feu passe au vert. Jenny se retourna vers Miranda pour lui signaler de se tenir à bonne distance. Elle crut rêver : Miranda avait boutonné sa veste jusqu'au cou, en avait relevé le col et avait chaussé une paire de lunettes noires.

– Arrête ce cirque ! On va se faire repérer.

Miranda fit l'étonnée.

– Comment m'as-tu reconnue ? Je suis pourtant méconnaissable.

– Tu es tombée sur la tête ? chuchota Jenny. Enlève ces lunettes, il ne fait même pas soleil.

Miranda les retira.

– Dommage. Je croyais que les détectives se promenaient toujours avec des lunettes noires pour ne pas être reconnus.

– Toi, tu ne passeras jamais inaperçue, fulmina Jenny.
Elle jeta un regard en direction du garçon. Mauvaise surprise : il les fixait attentivement. Vite, elle s'accroupit.
– À quoi tu joues ? demanda Miranda.
– Je fais semblant d'attacher ma chaussure parce qu'il regarde dans notre direction. Fais comme si tu ne te doutais de rien.
Miranda enfonça ses mains dans les poches de son pantalon et se mit à siffler très fort pendant qu'elle regardait en l'air, adoptant ce qu'elle croyait être l'expression d'une totale indifférence.
Jenny lui jeta un regard exaspéré.
Le feu venait de passer au vert et les gens commençaient à traverser. Jenny se releva. Miranda abandonna sa pose.
– Comment étais-je ? demanda-t-elle en parfaite diva.
– Grandiose, comme d'habitude. Allez, grouille, sinon on va le perdre de vue.
Elles traversèrent à leur tour et continuèrent leur filature. Jenny était obligée de retenir Miranda par la manche pour qu'elle ne s'approche pas trop du garçon.
À deux reprises, il regarda par-dessus son épaule. À chaque fois, Jenny s'arrêta de justesse, en faisant mine de montrer à Miranda un objet dans une vitrine.
– Tu crois qu'il nous a repérées ? murmura Miranda. Il n'arrête pas de se retourner.
C'est à ce moment précis que le garçon se

retourna pour la troisième fois, puis il s'enfonça tout à coup dans une ruelle étroite qui s'ouvrait entre deux magasins.

– On le suit là-dedans ? demanda Miranda.

– Moi, oui. Toi, tu prends la rue qu'on a traversée tout à l'heure pour être à l'autre bout de la ruelle quand il en sortira. Dépêche-toi ! Et fais attention ! Il ne faut pas qu'il se sente suivi.

Miranda rayonna.

– Ça commence enfin à devenir rigolo. À tout de suite !

Elle fit demi-tour et se mit à courir.

Jenny la suivit des yeux. Rigolo ! Décidément, Miranda manquait de sérieux. Tant pis, il n'y avait pas de temps à perdre. Elle se tourna vers la ruelle et son regard se figea. Le garçon avait disparu ! Mais il y avait plus étrange encore : la ruelle se terminait en cul-de-sac. Il n'y avait donc pas d'autre issue possible. C'était comme s'il avait été englouti par l'impasse.

Intriguée, Jenny s'engouffra dans le passage. À peine eut-elle parcouru une dizaine de mètres qu'elle se figea, stupéfaite. Dans l'ombre d'un porche donnant sur l'impasse, elle aperçut la silhouette du garçon. Adossé au mur, il la regardait, un petit sourire aux lèvres.

– On a perdu son chemin ? demanda-t-il avec un soupçon d'ironie.

– Non, bredouilla Jenny… c'est-à-dire… si, j'ai dû me tromper.

Sous le regard amusé du garçon, elle cherchait fiévreusement comment se sortir de cette situation embarrassante.
– À vrai dire, finit-elle par inventer, je cherchais la rue Henderson. Tu ne la connaîtrais pas par hasard ?
– Désolé, mais je ne suis pas du quartier.
– Ah bon ? fit-elle sans trouver mieux.
D'un air entendu, le garçon désigna le bout de l'impasse.
– Ça m'étonnerait que tu la trouves en continuant par là.
Jenny sentait le sang lui monter à la tête. « Il ne faut pas que je rougisse », pensa-t-elle, les joues déjà en feu.
– Évidemment, dit-elle en évitant son regard, merci quand même.
– Il n'y a pas de quoi.
Jenny tourna les talons… pour tomber nez à nez avec Miranda qui arrivait, toute essoufflée.
– C'est une impasse, cria celle-ci… qui resta bouche bée en apercevant le garçon.
Jenny la fixa avec insistance et lança d'un ton parfaitement détaché.
– Excuse-moi, tu habites le quartier ? Je cherche l'impasse Henderson, tu la connais ?
Miranda la regarda, éberluée.
– Si je peux me permettre, intervint le garçon, c'est la rue Henderson que tu cherches et non pas l'impasse. Tu devrais faire attention aux détails.

Il quitta sa place sous le porche et marcha en direction de l'avenue. Avant de tourner le coin, il leur décocha un petit sourire qui en disait long.

Miranda explosa.

– Il se moque de nous, c'est clair. J'aimerais bien savoir pourquoi. Et j'aimerais surtout savoir ce qui t'a pris de me demander si j'habitais le quartier !

– C'était pour lui faire croire qu'on ne se connaissait pas.

– C'est malin, d'autant qu'il nous avait vues ensemble juste avant. Il doit nous prendre pour des vraies gourdes, et il n'a pas tort.

– Qu'est-ce que tu veux, j'ai paniqué, se défendit Jenny. Tu crois qu'il a compris que nous le suivions ?

Le rire de Miranda résonna dans l'impasse.

– Mais non, mais non, jamais de la vie !

D'un air malicieux, elle ajouta :

– Il s'est juste rendu compte que l'une de nous deux n'a pas hésité à lui courir après jusqu'au fin fond d'une impasse.

– Miranda Hunt, je te déteste, déclara Jenny, et je te revaudrai ça.

5

CADDIE EN FOLIE

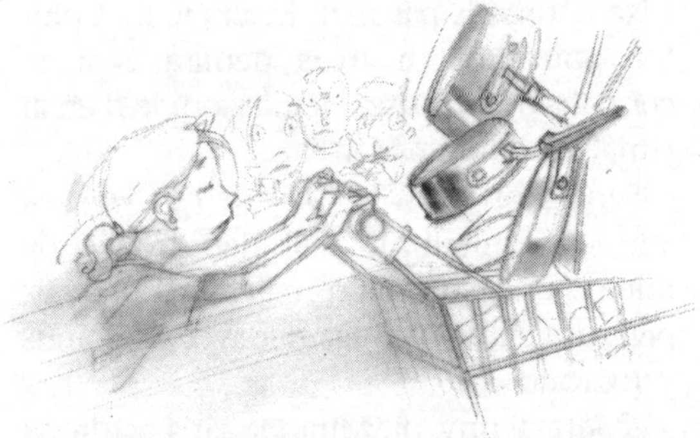

– Tu ne trouves pas qu'on devrait changer de métier ? demanda Miranda. Dans le comique de situation, on aurait toutes nos chances.

Jenny se souvint du sourire amusé du garçon et le rouge lui remonta aussitôt aux joues.

– Je me sens comme une parfaite idiote.

– Ne t'en fais pas, personne n'est parfait. Même pas Jenny Adams.

– Je suis furieuse, pesta celle-ci. C'était notre première enquête et on a réussi à tout rater. Tout ! On n'a même pas été fichues de suivre cet imbécile sans se faire repérer.

Miranda secoua la tête.

– Erreur ! Ce garçon n'est pas un imbécile. Il est même assez futé. Le coup de l'impasse était remarquable. Il nous a cueillies

comme des fleurs. Chapeau ! Il faut croire qu'il est meilleur que nous.
– Merci, dit Jenny, amère, ces paroles me vont droit au cœur.
– Ne le prends pas mal. Explique-moi plutôt pourquoi tu m'as demandé si je connaissais l'impasse Henderson. Je n'en ai jamais entendu parler.
– Henderson, c'est le nom de nos voisins. Sur le moment, je n'ai rien trouvé de mieux. Et ça aurait pu marcher si tu avais pigé au lieu de me regarder avec de grands yeux ronds.
– Écoute, Jenny, dit Miranda sans perdre sa bonne humeur, nous sommes des détectives nulles. C'est si dur à admettre ?
Soudain, sa mine s'illumina et elle gloussa.
– Tu sais comment on appelle un agent qui vient de se raser ?
Encore une des mauvaises blagues dont Miranda avait le secret. Jenny craignit le pire.
– Dis toujours, soupira-t-elle.
– Un agent de peau lisse.
– C'est poilant, répliqua Jenny sans même lever les yeux.
Mais tout à coup, son expression changea. Sous le porche, à l'endroit où le garçon s'était caché, elle aperçut un bout de papier par terre. Elle se baissa pour le ramasser.
– Regarde ce qu'il a perdu.
– Pourquoi lui ? Si ça se trouve, ce papier est là depuis une éternité. Qu'est-ce que tu en sais ?

– Beaucoup de choses. Premièrement, il est propre. Deuxièmement, il est sec. Comme il a plu tout à l'heure, il serait mouillé s'il avait été là depuis plus longtemps. Et troisièmement, dit-elle en retournant le bout de papier, il a été arraché d'un calepin de la même taille que celui qu'il avait à la main.
– Pas mal, admit Miranda. Est-ce qu'il y a quelque chose de marqué dessus ?
– Oui, une adresse : 241, Highstreet.
– Highstreet ? C'est la rue par laquelle nous sommes venues ! Viens vite, Jenny, je veux savoir ce qui se trouve au numéro 241.
Quand elles débouchèrent de l'impasse, elles ne virent pas la moindre trace du garçon dans la foule des passants. Jenny leva la tête.
– 160, lut-elle, 158. Le 241 est de l'autre côté et dans l'autre sens.
Miranda l'entraîna par le bras vers le feu qui passait au vert.
– Dépêche-toi ! Pour une fois, on tient une piste qu'on ne peut pas rater.
Le 241 Highstreet était une petite boutique. Dans la vitrine, des objets plus farfelus les uns que les autres s'amoncelaient : panoplies de magicien, masques et fausses barbes, pistolets à eau et dentiers en plastique, perruques, pétards et nez de clown, costumes de princesse et de Martien…
Au-dessus, une enseigne vert fluo qui clignotait annonçait :
« Farces et Attrapes - Farces et Attrapes. »
Miranda sourit.

– On dirait bien que c'est un message pour nous. Il ne manque pas d'humour, ce garçon, tu ne trouves pas ?
Les yeux fixés sur l'enseigne, Jenny murmura :
– Attends que je l'attrape, ce farceur. Je n'aime pas du tout qu'on se moque de moi comme ça. Il me le paiera. Je le suivrai partout et je saurai tout sur lui. Jusqu'au moindre détail.
Miranda tenta de la mettre en garde.
– Fais attention, il est loin d'être bête.
– Alors on est deux, rétorqua Jenny, piquée au vif. Rira bien qui rira le dernier.

La semaine se passa sans qu'elles revoient le garçon. Pourtant, après l'école, Jenny avait chaque jour entraîné Miranda vers le rond-point en bas de Highstreet. Mais pas une seule fois elles ne le revirent assis sur le petit muret.
Le vendredi après-midi, au bout d'un quart d'heure d'attente, Miranda en eut assez.
– J'en ai marre, déclara-t-elle. Je rentre. Tu viens avec moi ?
– Certainement pas. J'attendrai le temps qu'il faudra, mais je l'aurai.
Miranda haussa les épaules et partit chez elle. Jenny attendit encore une bonne demi-heure avant d'abandonner à son tour.
Tout le long du chemin de retour, elle fulminait. Il fallait retrouver ce garçon qui l'avait ridiculisée et le lui faire payer. C'était

un point d'honneur. Mais comment lui mettre la main dessus ? Elle ne savait rien de lui. Ni où il habitait, ni où il allait à l'école. Et elle ignorait même comment il s'appelait. Dépitée, elle finit par s'avouer vaincue.

Comme tous les dimanches après-midi, il régnait chez les Adams une ambiance détendue.

Couchée sur le canapé du salon, Jenny lisait *Les Griffes du Chat* , un livre dont elle savourait le suspense. Elle soupira. Dans les livres, les choses se déroulaient bien mieux que dans la réalité. Les méchants avaient beau mener le héros par le bout du nez pendant un certain temps, on savait bien qu'en fin de compte, il allait gagner.

Jenny avait hâte d'arriver à la fin du livre. Mais les cris et les bousculades d'Arthur et de ses copains en train de jouer sur la moquette à une partie de Monopoly particulièrement agitée lui faisaient constamment perdre le fil de sa lecture. Les bruits de marteau, de scie et de perceuse qui provenaient du sous-sol où M. Adams s'adonnait à son occupation préférée n'arrangeaient rien.

Sur la moquette, Arthur se battait avec Martin, son meilleur copain, qui l'avait accusé de tricher. Jenny n'y tint plus.

– Vous ne pouvez pas aller jouer ailleurs ? cria-t-elle, exaspérée. Je ne comprends même plus ce que je lis.

– Et toi, pourquoi tu n'irais pas lire ailleurs ? rétorqua Arthur. On était là les premiers.

Jenny se résigna. Elle prit son livre et quitta la pièce pour monter dans sa chambre où elle serait enfin au calme. En passant dans le couloir, elle aperçut sa mère assise à la table de la cuisine avec, devant elle, des piles de dossiers. À l'idée d'un bon petit goûter, Jenny sentit son moral remonter en flèche.

– Tu as beaucoup de travail ? demanda-t-elle.

– Je suis épuisée.

Mme Adams désigna les dossiers en tas.

– Regarde ce qui me reste encore à faire. Uniquement parce que notre nouveau directeur a décidé qu'il allait changer toute notre façon de travailler. Je ne sais plus où j'en suis.

Mme Adams travaillait dans une banque, à Highgate, où elle était chef du service des prêts. Jenny l'avait déjà entendue se plaindre des chamboulements que le nouveau directeur imposait aux employés. Elle se souvenait même de son nom : Cheevers.

– Tu ne l'aimes pas ?

Mme Adams préféra ne pas répondre directement.

– J'espère seulement qu'il sait ce qu'il fait, parce que, parmi nous, personne ne comprend l'intérêt de ces changements. Il n'y a que trois semaines qu'il est là et déjà... Jenny, qu'est-ce que tu cherches là-dedans ?

La voix de Jenny surgit des profondeurs du frigo.
– Quelque chose à grignoter.
– Il reste un paquet de cacahuètes dans le placard.
– Ça fera l'affaire, merci. Mais il faudrait peut-être penser à remplir le frigo. Il n'y a plus que des courants d'air là-dedans.
– Je sais, mais je n'ai pas eu beaucoup de temps pour faire les courses, tu comprends ? Mais j'ai une idée : Arthur et toi, vous êtes en vacances toute la semaine. C'est vous deux qui irez au supermarché demain.
– D'accord, il faut bien qu'on mange !
Mme Adams prit deux billets dans son porte-monnaie.
– Voilà, ça devrait suffire. Je te laisserai la liste sur la table.
Jenny fit une grimace.
– Je préférerais y aller avec Miranda.
– Si tu veux, mais maintenant, sois gentille et laisse-moi travailler. Il veut avoir ses dossiers demain matin et je me demande bien comment je vais m'en sortir.

– Et voici notre fabuleux supermarché ! s'écria Miranda le lendemain matin en franchissant la porte vitrée. Avec toi, on est toujours sûrs de visiter des endroits de rêve. Merci de tout cœur !
Elle prit un Caddie et suivit Jenny qui se dirigeait vers le rayon fruits et légumes, la liste de sa mère à la main.

– Pas la peine de me remercier, j'adore te faire plaisir.

Avec son sourire le plus mielleux, Jenny déposa un grand filet de pommes de terre dans le Caddie et les raya de sa liste.

Miranda prit un air parfaitement naïf.

– Est-ce que, par hasard, tu n'aurais pas de la glace sur ta liste ?

– Si.

– Fraise ?

– Non, chocolat, mais ça peut se négocier.

Elle vit la face de Miranda s'illuminer. Soudain, son regard fut attiré par quelque chose au fond du magasin et elle blêmit.

Miranda se retourna.

– Qu'est-ce qu'il y a ?

– Le garçon ! Il est là-bas.

Jenny fixait le coin du supermarché où se vendaient les magazines.

– Où ça ? Je ne vois rien.

– Il est parti. Je ne l'ai vu qu'une seconde, mais je suis sûre que c'était lui. Je l'ai reconnu à ses cheveux et à sa veste noire.

Miranda fronça les sourcils.

– Elle n'était pas plutôt bleue, sa veste ?

– Non, elle était noire. Comme témoin oculaire, tu as des progrès à faire.

– Je te parie qu'elle était bleue, insista Miranda.

– On parie, et celle qui perd porte les pommes de terre.

– Tope là, dit Miranda sans hésiter. Et maintenant, il faut le retrouver. On y va !

Elle donna un coup sec au Caddie et faillit renverser deux clients qui passaient dans l'allée.

– Oh, pardon, s'excusa-t-elle sans s'arrêter, en fonçant vers le fond du magasin et en criant d'une voix de chef de gare : Attention voie six, éloignez-vous de la bordure du quai. L'express Miranda ne s'arrête pas ici !

Jenny la vit zigzaguer à toute allure entre les clients, les frôlant dangereusement de son Caddie. Arrivée au bout de l'allée, Miranda braqua l'engin et s'engagea dans celle d'à côté, imitant maintenant la sirène des pompiers.

– Pin-pon, pin-pon !

– Miranda, arrête ton char, lui cria Jenny, essoufflée. On va se faire jeter d'ici !

Mais il n'y avait rien à faire. Imperturbable, Miranda continua sur sa lancée et disparut dans l'allée voisine.

Jenny décida de parcourir les allées dans le sens de la largeur. Les yeux écarquillés, elle louvoyait entre les présentoirs. Où pouvait-il bien être ? Non sans mal, elle réussit à couper la queue que formaient les clients devant le stand des spécialités du terroir. Quand elle leva les yeux, elle aperçut une silhouette familière à l'autre bout du magasin, près des caisses. C'était lui !

Le garçon lui adressa un large sourire et lui fit un signe de la main avant de disparaître à nouveau derrière une pile de marchandises. Il la narguait, c'était évident.

– Attends, murmura Jenny entre les dents. Prudemment, mais aussi vite qu'elle put, elle avança dans la foule, jetant au passage un coup d'œil dans les autres allées, à la recherche de Miranda.

Un homme imposant en costume de gardien lui barra brusquement le chemin.

– Doucement, mademoiselle, on n'est pas dans un stade olympique , grommela-t-il.

– Excusez-moi, balbutia Jenny en grimaçant un sourire navré.

À peine avait-elle contourné cet obstacle qu'un bruit infernal retentit dans tout le magasin, un bruit de mille casseroles suivi d'un hurlement à vous percer les tympans. Une seule personne au monde était capable de hurler ainsi. Miranda !

– Qu'est-ce que c'est encore que ça, ronchonna le gardien en se dirigeant à grands pas vers la source du vacarme.

Jenny se faufila derrière lui. Elle imagina Miranda en train de perdre le contrôle de son Caddie en folie et se dit qu'elle aurait mieux fait d'emmener Arthur.

Le gardien tourna le coin de l'allée avec Jenny sur ses talons. En voyant l'étendue du désastre, celle-ci ferma les yeux.

Elle ne s'était pas trompée. Miranda avait frappé fort.

6

UNE COLLECTION BIEN PARTICULIÈRE

En essayant d'éviter les boîtes de petits pois qui roulaient tranquillement le long de l'allée, des clients effarouchés fuyaient la zone du désastre. Il ne restait plus que les fondations de la haute pyramide de boîtes de petits pois en réclame. Et qui étaient assis au milieu des décombres ? Miranda et le garçon à la veste noire.

Le gardien fit un pas dans leur direction.

Miranda se releva. Son pied gauche roula sur une boîte de petits pois et elle battit des bras comme un moulin à vent pour ne pas perdre l'équilibre.

– Aïe, fit-elle, en se frottant les fesses.

Jenny lui lança un regard désespéré.

Le gardien se planta devant Miranda et le garçon.
– Qu'est-ce qui s'est passé ici ? tonna-t-il.
Le garçon écarta la longue mèche qui lui cachait le front et leva les yeux vers le gardien en colère.
– Permettez-moi de vous faire remarquer que je trouve cet endroit très mal choisi pour y empiler des boîtes de conserves dont l'équilibre est, comme chacun le sait, fort instable. Quelqu'un aurait pu se blesser, dit-il calmement en se relevant.
– Et quelqu'un s'est effectivement blessé, renchérit Miranda, en grimaçant de douleur.
Quand elle aperçut Jenny, son expression changea immédiatement. Elle lui fit un signe joyeux. Jenny essaya de se cacher derrière le dos du gardien.
– Tu avais raison, lui lança Miranda. Elle est bien noire.

– C'est la honte de ma vie, déclara Jenny quand ils se retrouvèrent tous les trois sur le parking en face du supermarché.
Le gardien avait confisqué le Caddie de Miranda et leur avait ordonné de quitter immédiatement le magasin.
– C'était un accident, je te le jure, expliqua Miranda.
Elle désigna le garçon du doigt.
– C'est lui qui m'est rentré dedans.
Le garçon la dévisagea d'un air ironique.

– Alors, comme ça, c'est de ma faute ? Toi, tu déboules avec ton Caddie à quatre-vingts à l'heure…
– Et toi, tu n'avais qu'à faire attention où tu mettais les pieds, pesta Miranda en lui coupant la parole. Je dois avoir des bleus partout. Les boîtes de petits pois, ça fait drôlement mal.
– Ça t'apprendra, lâcha-t-il. Ça vous apprendra à toutes les deux, ajouta-t-il en fixant Jenny. Dorénavant, vous réfléchirez peut-être à deux fois avant de suivre des gens partout.
Jenny prit un air supérieur.
– Excuse-moi, mais je ne comprends pas de quoi tu parles. Qu'est-ce qui peut bien te faire penser que nous pouvons perdre notre temps à suivre quelqu'un comme toi ?
Le garçon lui décocha un sourire entendu et, réflexion faite, Jenny lui trouva une tête plutôt sympathique.
– Je vous ai vues l'autre jour, dit-il. Je vous ai vues m'observer et gribouiller quelque chose sur un calepin. On aurait dit Patricia, l'espionne en herbe.
Jenny était soufflée.
– Tu connais Patricia, l'espionne en herbe ?
– J'ai lu le bouquin il y a très longtemps. C'était bien cette fille qui se promenait partout dans son quartier en prenant des notes sur tout le monde ? Exactement comme vous la semaine dernière. Au fait, est-ce que vous avez trouvé mon message ?

Miranda gloussa.

– Farces et attrapes ? Demande à Jenny, elle n'a pas aimé du tout. N'est-ce pas, Jenny ?

Jenny ne répondit pas. Elle regarda le garçon droit dans les yeux.

– C'était donc si évident qu'on te suivait ?

– Au début, je n'en étais pas tout à fait sûr, mais quand j'ai vu votre cirque au supermarché, j'ai compris. Or, ce que je ne comprends toujours pas, c'est pourquoi vous m'avez suivi.

– Jenny était persuadée que tu étais un espion et que tu guettais une voiture avec un diplomate à bord. Elle pensait qu'il allait être enlevé par ses ennemis et que toi, tu travaillais pour eux. N'est-ce pas, Jenny ?

– Mais je n'ai jamais rien pensé de ça, répliqua Jenny à Miranda hilare. Je pensais seulement que… euh… c'est-à-dire que… Bon, d'accord, j'admets que nous t'avons observé et que nous avons pris des notes. C'était un simple exercice d'entraînement, tu comprends ?

– Et vous vous entraînez à quoi, exactement ? demanda le garçon.

– Jenny veut être détective quand elle sera grande, murmura Miranda d'un ton confidentiel.

– Merci, Miranda, fulmina Jenny. Vas-y, raconte-lui tout, pendant que tu y es !

– Détective, répéta le garçon. Tu m'impressionnes.

Jenny le fixa d'un œil mauvais.

– Fais attention, murmura-t-elle, je n'aime pas qu'on se moque de moi.
– Je ne me moque pas de toi. Je me dis seulement que pour une future détective, il y a des gens plus intéressants à suivre que moi. C'est là où je ne te comprends pas.
– Je t'ai vu observer les voitures et noter des choses. Ça m'a paru bizarre.
– Je collectionne les numéros de plaques d'immatriculation.
– Tu vois, s'exclama Miranda, je t'avais bien dit qu'il n'avait pas une tête d'espion.
– Mais moi non plus, je ne l'ai jamais pris pour un espion, se défendit Jenny.
– Alors, si je comprends bien, sourit le garçon, vous m'avez suivi par pur plaisir. Je suis flatté.
– Tu t'appelles comment ? demanda Miranda. Moi, je suis Miranda Hunt et elle, c'est mon amie Jenny Adams. Elle peut paraître un peu bizarre, mais c'est une fille qui gagne à être connue.
– Merci, dit Jenny, dommage que je ne puisse pas en dire autant de toi.
– Je m'appelle Peter Hamilton. Mon père et moi, nous venons tout juste d'emménager ici. J'habite Boxall Road.
– Boxall Road ? C'est une rue tout près de chez moi, dit Miranda. Est-ce que tu habites dans une des grandes villas ?
– Non, nous avons loué un appartement dans un des immeubles de la résidence, de l'autre côté de la rue ; mais c'est provisoire.

Mon père est en train de chercher une maison pour nous deux.
– Pour vous deux ? demanda Miranda. Et ta mère alors ?
– Miranda ! Jenny lui donna un coup de coude discret. Occupe-toi de ce qui te regarde.
– Ça va, murmura Peter, soudain attristé. Ma mère est morte quand j'étais tout petit. J'ai du mal à me souvenir d'elle.
– Excuse-moi, bredouilla Miranda, je ne voulais pas te faire de peine.
– Ne t'en fais pas. J'ai l'habitude.
Il y eut un long silence. Finalement, Jenny trouva une issue.
– Il faut que j'y aille, soupira-t-elle. J'ai encore toutes les courses à faire et je ne peux plus les faire ici. Grâce à toi, ma chère amie.
– Et grâce à lui, dit Miranda en se tournant vers Peter. Au fait, pourquoi est-ce que tu collectionnes des numéros de voitures ?
– C'est intéressant.
– Mais encore ? insista-t-elle.
– C'est intéressant parce qu'à partir des lettres qui sont sur les plaques, on peut connaître l'âge de la voiture, expliqua Peter. Cela permet de les regrouper par années et de dire qu'il y a tel pourcentage de voitures de telle année qui circulent par rapport à tel pourcentage de telle autre année. C'est de la statistique. J'aime ça.
Les deux filles comprirent qu'elles avaient lancé Peter sur son sujet favori et se gardèrent bien de l'interrompre.

– Et puis, il y a les voitures étrangères. J'ai créé un dossier spécial pour elles sur l'ordinateur.

– Tu as un ordinateur à toi ? demanda Jenny, admirative.

– C'est celui de mon père, mais je peux m'en servir quand je veux. Alors comme je disais, pour les plaques des voitures étrangères, j'ai…

– Quoi ? l'interrompit Miranda, faussement ahurie, en regardant sa montre, mais vous avez vu l'heure ?

Peter rigola.

– C'est de votre faute. Il ne fallait pas me brancher sur les voitures. Remarquez, je savais bien que les filles n'étaient pas capables de comprendre ces choses-là.

C'en était trop. Jenny explosa :

– Qu'est-ce que tu veux dire par là ? Tu trouves qu'on n'est pas assez intelligentes pour piger ce genre de choses ? Vas-y ! Explique-toi !

Peter s'en voulut de sa gaffe.

– Ce n'est pas du tout une question d'intelligence, se dépêcha-t-il de rectifier. Je pense seulement que les filles ne possèdent pas suffisamment de patience pour trier toutes ces informations.

– Et moi, sourit Miranda, je pense que les filles possèdent peut-être trop d'intelligence pour s'en soucier. À mon avis, c'est une pure perte de temps.

Peter haussa les épaules d'un air détaché.

– Je suis sûr que tu ne dirais pas ça si tu avais trouvé ce que j'ai trouvé l'autre jour.

– Oh, je t'en supplie, raconte-nous, l'implora Miranda. Je suppose que c'était le numéro gagnant de la loterie nationale.

Peter prit un ton mystérieux :

– Que diriez-vous en voyant un jour une voiture avec un certain numéro…

Il ménagea une petite pause pour faire monter le suspense.

– … et en la revoyant quelques jours plus tard avec un numéro complètement différent ?

Miranda haussa les épaules.

– Je dirais que tu as besoin de lunettes.

Peter fronça les sourcils.

– Pour ton information : je vois parfaitement clair et je ne me suis pas non plus trompé en notant le numéro. J'ai vu la voiture vendredi dernier sur le parking derrière notre immeuble. Une Ford Cortina blanche avec un pare-chocs arrière cabossé. Pendant le week-end, elle avait disparu. Ce matin, elle était de nouveau garée sur le parking. Avec d'autres plaques.

Il sortit son calepin de la poche de sa veste.

– Vous pouvez les comparer, si vous ne me croyez pas.

Il feuilleta les pages écornées qui étaient remplies de colonnes de numéros de voitures notés avec une écriture petite mais parfaitement lisible.

– Regarde, dit-il à Miranda en lui mettant le calepin sous le nez, le voici. Je l'ai entouré de rouge. Et maintenant, je vais te faire voir le numéro qu'elle portait ce matin.

Il tourna rapidement deux pages et pointa du doigt le dernier numéro d'immatriculation de la liste.

– Tu vois ? Ils sont complètement différents !

– Et alors ? Je suppose qu'on a le droit de changer de numéro de voiture si on en a envie.

– Ah non, dit Jenny, je ne crois pas.

Elle se tourna vers Peter.

– Et toi ?

– Bien sûr que non. Je ne vois qu'une seule raison pour changer de plaques, et c'est pour maquiller une voiture volée.

– Tu es allé voir la police ? demanda Jenny.

Peter hésita :

– Non, pour le moment, je préfère la surveiller discrètement. La fenêtre de ma chambre donne sur le parking. J'ai l'intention de prendre des photos de toutes les personnes qui s'en s'approcheront.

Jenny sourit et son visage s'anima.

– Et quand tu auras photographié les voleurs, tu feras voir leurs photos à la police. C'est bien ça ?

– Peut-être bien.

– On peut dire que tu as de la chance de nous avoir rencontrées.

Peter sembla perplexe.

– Pourquoi ?

– Parce que nous pourrons t'aider.

Elle fit mine de ne pas voir la stupéfaction qui se dessinait sur le visage de Miranda.

– C'est exactement l'exercice d'entraînement qu'il nous faut, n'est-ce pas, Miranda ? On pourrait travailler ensemble tous les trois.

– Excuse-moi, Jenny, coupa Miranda, est-ce que je peux te parler seule un instant ?

Elle jeta un regard cinglant sur Peter.

– J'ai dit « seule ».

Peter haussa les épaules, tourna les talons et se dirigea vers le parking du supermarché, son calepin et son crayon à la main.

– Ce n'était pas très gentil de ta part, fit Jenny.

– Je m'en fiche, répliqua Miranda, les yeux braqués sur Peter qui avait commencé à relever les numéros des voitures en stationnement. Je pensais qu'on était associées toutes les deux. On n'a absolument pas besoin de lui. Tu sais comment sont les garçons. Tu les laisses faire cinq minutes, et après, c'est eux qui commandent. C'est toujours la même chose. Lui par exemple, il nous enverrait chercher des jus de fruits et préparer des sandwichs avant qu'on puisse dire « ouf ».

Jenny parut amusée.

– Mais non, il n'y a aucun souci à se faire. Te connaissant comme je te connais, ce sera lui qui t'apportera tout sur un plateau. Écoute, Miranda, et s'il avait raison ? Si la voiture était vraiment volée, on pourrait peut-être essayer de retrouver les voleurs ! Ce serait génial, non ?

– Je ne sais pas.

– Allez, fais-moi confiance. Juste cette fois.

– Juste cette fois, juste cette fois, c'est ce que tu dis chaque fois.

– Bon, mais est-ce que je t'ai jamais laissée tomber ?

– Tout le temps.

Jenny poussa un grand soupir.

– Alors je te demande pardon et je te prie de me faire confiance une toute dernière fois. S'il te plaît !

– Bon, d'accord.

Miranda n'était guère enthousiaste.

– Mais je te préviens. Si jamais il commence à me prendre pour sa bonne, je m'en vais. C'est clair ?

– Entendu, répondit Jenny.

Elle prit Miranda par le bras.

– Viens, on va voir cette voiture de plus près !

7

UNE VOITURE MYSTÉRIEUSE

– Après toutes ces émotions, j'ai soif, dit Peter, pas vous ?

Il avait emmené Jenny et Miranda jusqu'à la résidence où il habitait. La porte arrière de son immeuble donnait sur un parking, un espace goudronné bordé de talus recouverts d'herbe, derrière lesquels s'élevaient d'autres immeubles en briques rouges faisant partie de la résidence.

Cinq ou six voitures étaient garées sur le parking. Peter avait désigné du doigt une voiture blanche qui se trouvait dans un coin. C'était la Ford Cortina au pare-chocs cabossé à laquelle on avait mis, selon Peter, une fausse plaque d'immatriculation au cours du week-end. Peter remarqua le coup d'œil amusé qu'échangèrent les deux filles quand il mentionna les boissons.

– Il y a une épicerie au coin de la rue, dit-il. Si vous avez soif, je veux bien aller vous chercher quelque chose.

– Tu vois, dit Jenny à Miranda en cherchant des pièces dans la poche de son jean.

– Qu'est-ce qu'il y a à voir ? demanda Peter.

– Rien, répondit Miranda en lui tendant de l'argent. Un jus d'oranges, s'il te plaît.

Peter prit l'argent et poussa la porte qui menait dans le hall d'entrée de l'immeuble.

Jenny sourit.

– Il est bien, non ?

– Pas mal pour un début, mais il faut voir.

Miranda croisa les bras et s'appuya contre le porche en fixant la voiture blanche.

– Tu peux me dire ce qu'on fait là à regarder cette bagnole ?

– On observe. C'est ce que font les détectives. Ils observent.

– Tu crois qu'il va lui pousser des ailes et qu'elle va s'envoler ?

– Doucement, dit Jenny. Quand Peter reviendra, on prendra des photos et on notera tout ce qu'il a vu.

– Tout ce qu'il pense avoir vu.

– Non, ce qu'il a vu, insista Jenny. Et puis, il y a peut-être quelque chose de suspect à l'intérieur de la voiture.

– Qu'est-ce qu'on attend pour aller voir de plus près ?

– On attend que Peter revienne.

– Pourquoi ? demanda Miranda. C'est lui le chef, maintenant ? Attends-le, si tu veux, mais moi, j'y vais. Il y a peut-être un cadavre sur le siège arrière. Celui de l'ancien propriétaire, allongé là, les jambes en l'air, la langue qui lui sort de la bouche. Avec un grand couteau à découper planté dans la poitrine.

– Et baignant dans une mare de sang, je suppose. Allons voir, si tu y tiens tellement.

Les deux filles se dirigèrent vers la voiture.

– S'il s'agit vraiment d'une voiture volée, pourquoi les voleurs l'ont-ils laissée ici ? pensa Miranda tout haut.

– Ils attendent peut-être de trouver un acheteur ou bien ils en ont déjà trouvé un, et maintenant, ils attendent qu'il vienne la chercher. Ils étaient bien obligés de la garer quelque part.

– Ou alors, dit Miranda, la voiture a déjà été vendue et la personne qui l'a achetée habite par ici.

Jenny regarda d'un air inquiet les fenêtres qui donnaient sur le parking.

– En ce moment, continua Miranda, cette personne est peut-être en train de nous observer. Avec un fusil braqué sur nous.

Brusquement, elle se jeta sur Jenny.

– Bang, cria-t-elle, la faisant sauter en l'air de peur.

– Tu es folle ou quoi ? hurla Jenny.

– Jenny est une chiffe molle, chanta Miranda à tue-tête.

Elle s'approcha de la voiture, se pencha pour regarder à l'intérieur, puis se retourna en faisant une grimace.
– Dommage, il n'y a pas de cadavre.
Jenny fit le tour de la voiture, regardant soigneusement à travers toutes les vitres.
– Rien de rien, murmura-t-elle, déçue.
Elle se contorsionna pour voir s'il n'y avait pas quelque chose de suspect caché entre les sièges ou dans le compartiment sous le tableau de bord, mais l'intérieur de la voiture était parfaitement propre et vide. Pas de mascotte accrochée au rétroviseur, pas même une carte routière, rien.
– L'aiguille d'essence est à zéro, remarqua Miranda, protégeant de sa main la vitre contre les reflets du soleil.
– C'est normal. Tant qu'on n'a pas mis le contact, aucune aiguille n'indique quoi que ce soit.
– Ah bon. Mais pourtant, la pendule de bord est à l'heure.
– Ce n'est pas pareil.
– Et pourquoi ?
– Je ne sais pas.
– Mais je croyais que...
– Ne fais pas l'idiote ! Tu peux me dire à quoi servirait une pendule qui s'arrêterait à chaque fois qu'on coupe le moteur ?
Elle contourna la voiture et s'agenouilla à l'arrière.
– Ha ha, fit-elle.
Miranda la suivit.

– C'est quoi, ce ha ha ? demanda-t-elle.
– C'est un ha ha par lequel on exprime qu'on a trouvé quelque chose de suspect, expliqua Jenny. Regarde !
Jenny montra la plaque d'immatriculation. Miranda s'agenouilla à côté d'elle et contempla la plaque.
– Ha ha, lâcha-t-elle enfin.
– Alors tu vois ce que j'ai vu ?
– Non, dit Miranda, je ne vois rien du tout.
– Et pourquoi tu as dit ha ha ?
– Parce que je pensais que ça allait m'aider. Qu'est-ce que je suis censée voir ?
– La saleté et la rouille.
Miranda regarda de près. Le bas de la voiture était recouvert de taches de rouille.
– Tout ce que je vois, c'est que c'est une voiture qui n'est pas très bien entretenue.
– Oui, mais regarde un peu les vis avec lesquelles la plaque est fixée. Tu vois comme elles brillent ? Elles sont flambant neuf. Et ça, ma vieille, triompha Jenny, ça prouve que Peter avait raison. Ces plaques ont été changées récemment.
– Hé, vous, là-bas ! tonna une voix.
Les deux filles sursautèrent.
– Qu'est-ce que vous fabriquez là ?
Dans sa frayeur, Jenny s'était assise par terre. Tant bien que mal, elle se releva, entraînant Miranda qui s'était accrochée à son bras. Sans plus bouger, elles regardèrent l'homme qui leur avait crié dessus.

Jenny essaya d'enregistrer dans sa mémoire les détails de son apparence.
L'homme portait un costume bleu marine et une cravate rouge. Il avait un visage rond et boursouflé. Ses cheveux noirs commençaient à s'éclaircir sur le haut de son crâne. Les boutons de sa chemise semblaient prêts à craquer sur son ventre. Il tenait une grande enveloppe marron à la main. En le voyant avancer vers elles, Jenny remarqua qu'il marchait les pieds écartés. Un peu comme un canard.
Ses traits étaient défigurés par la colère. Sous la barre de ses sourcils épais, des yeux marron injectés de sang ne promettaient rien de bon.
– Qu'est-ce que vous lui avez fait, à cette voiture ? fulmina-t-il. Je vous ai vues !
– On n'a rien fait du tout, dit Miranda. On a juste regardé. Ce n'est pas interdit par la loi que je sache.
– Ne me parle pas sur ce ton, ma petite, rugit l'homme. Je veux savoir à quoi vous jouez. Et puis, pourquoi vous n'êtes pas à l'école, hein ?
– Nous sommes en vacances, se dépêcha de dire Jenny avant que Miranda n'ait eu le temps de sortir une de ses réflexions désastreuses. Et nous attendons un ami qui ne devrait pas tarder à venir. Voilà tout.
Elle sentit que cela ne suffisait pas pour calmer la colère de l'homme et ajouta :
– J'ai laissé tomber une pièce et je pense qu'elle a roulé sous votre voiture.

Le visage de l'homme changea d'expression.
– Ce n'est pas ma voiture, dit-il.
Il scruta le sol.
– Tu l'as retrouvée, cette pièce ?
Jenny se remit à quatre pattes.
– Je crois que je la vois, dit-elle en avançant le bras sous la voiture.
– Ça y est, je l'ai.
Elle se releva, le poing fermé comme si elle tenait la pièce.
– Viens, on s'en va.
Elle passa le bras sous celui de Miranda et l'entraîna.
– Ce n'est pas trop tôt, cria l'homme. Vous devriez avoir mieux à faire que de traîner sur des parkings.
– Quel sale type ! s'exclama Miranda. De quoi se mêle-t-il ?
– Tais-toi, il va t'entendre.
– Je m'en fiche, dit Miranda aussi fort qu'avant en se tortillant pour libérer son bras. Je m'en fiche complètement.
– Viens Miranda, ça suffit.
Jenny la tira vers le porche d'où elles étaient venues.
– Je déteste ce genre d'individus qui mettent leur nez partout. Surtout quand ils marchent comme des canards.
Jenny ouvrit la porte vitrée et poussa Miranda dans le hall. Puis, elle se retourna pour regarder dehors.
Miranda en profita pour dégager son bras.
– J'ai bien envie de retourner là-bas pour lui

dire de s'occuper de ses oignons.
– Chut, dit Jenny, regarde !
L'homme était toujours à côté de la voiture et regardait dans leur direction.
– Ne restons pas là, souffla Jenny, il peut encore nous voir.
La porte d'entrée de l'immeuble s'ouvrit et Peter apparut, portant trois boîtes de jus de fruits.
– Me revoilà. Ils n'avaient pas de jus d'oranges, alors je vous ai pris... Mais qu'est-ce que vous faites là contre le mur ?
– Tu vois le type à côté de la voiture ? lui demanda Jenny.
– Quel type ?
Peter allait s'approcher de la porte vitrée. Jenny le rattrapa et le retint.
– Ne te montre pas, chuchota-t-elle. On était allées voir la voiture, il nous a surprises et il nous a fait toute une histoire.
– Pourquoi vous ne m'avez pas attendu ?
– Qu'est-ce que ça aurait changé ? demanda Miranda. Il est encore là ?
Peter avança prudemment le long du mur pour jeter un coup d'œil sur le parking.
– Je ne vois personne.
– Il a dû partir, soupira Jenny soulagée.
Peter regarda de nouveau.
– Costume bleu marine, demanda-t-il, avec une grande enveloppe sous le bras ?
– Oui, c'est lui.
– Il s'éloigne de la voiture, dit Peter. Je crois qu'il s'en va. Non, attendez ! Il s'est arrêté.

– Qu'est-ce qu'il fait ? demanda tout bas Jenny.
– Rien. Il regarde autour de lui.
– Il cherche sans doute quelqu'un d'autre à embêter, dit Miranda.
– Non, il fait demi-tour et revient vers la voiture. Voilà, maintenant, il y est… Il cherche dans sa poche… Attention !
Peter recula brusquement.
– Il regarde dans notre direction.
Jenny jeta un coup d'œil par-dessus son épaule.
– Ça alors, dit-elle, il est en train d'ouvrir le coffre ! Quand je pense qu'il a eu le culot de dire que ce n'était pas sa voiture.
– Tu vois un cadavre à l'intérieur ? demanda Miranda.
Peter se retourna vers elle.
– Un quoi ?
– Il jette l'enveloppe dans le coffre, et il le referme, dit Jenny. Attention, il vient vers nous !
Elle s'élança.
– Vite, sauvons-nous !
Tous trois se précipitèrent vers l'escalier.
Pendant que Jenny courait, son esprit travaillait à toute vitesse. Qui était cet homme ? Pourquoi leur avait-il dit que ce n'était pas sa voiture ? Que voulait-il cacher ? Et que pouvait bien contenir l'enveloppe ?

8

UN CALME APPARENT

Ils montèrent l'escalier quatre à quatre.

– Je peux savoir pourquoi on court ? demanda Miranda à bout de souffle. On n'a rien fait de mal.

Peter s'arrêta sur le palier du deuxième étage.

– Oui, c'est vrai, pourquoi est-ce qu'on court ?

– Parce qu'il ne faut pas qu'il sache qu'on l'a vu, expliqua Jenny.

– Venez, on peut aller chez moi pour en discuter tranquillement, proposa Peter.

Son appartement était au troisième étage. Peter ouvrit la porte et les fit entrer. Jenny était étonnée. L'appartement ressemblait plutôt à un bureau. Il n'y avait rien sur les murs, pas une seule photo, pas un tableau.

Dans le séjour, elle vit une planche à dessin et un ordinateur.
– Mon père travaille pour un bureau d'architectes, expliqua Peter à Jenny et Miranda qui regardaient des plans d'immeuble fixés sur la planche à dessin.
Il les emmena dans une petite chambre qui était aussi dépouillée et bien rangée que le reste de l'appartement. Sur un petit bureau, deux piles : d'un côté des listes imprimées, de l'autre des carnets.
Jenny tira de sa poche son propre calepin.
– Maintenant, il faut qu'on mette un certain nombre de choses par écrit, dit-elle. Il faut ouvrir un dossier sur cette voiture et sur cet homme. On peut s'asseoir sur le lit ?
– Pas de problème, dit Peter en leur passant un jus de fruits à chacune.
Jenny s'assit en tailleur, son carnet ouvert posé sur ses genoux.
– Il faut un nom pour le nouveau dossier.
– Ce type marchait comme un canard, dit Miranda. Le Canard, ce serait un bon nom de code, vous ne trouvez pas ?
– Va pour « le Canard ».
Jenny nota le nom en haut de la page et le souligna. Puis, elle résuma tout ce qu'ils savaient sur la voiture. Assis à côté d'elle, Miranda et Peter regardaient par-dessus son épaule pendant qu'elle écrivait.
– Ça y est, dit-elle enfin. À l'homme, maintenant. Qu'est-ce qu'on sait de lui, à part sa façon de marcher ?

– Je dirais qu'il travaille dans un bureau, dit Peter.
– Qu'est-ce qui te fait dire ça ? demanda Miranda.
– Le costume et la cravate.
– Et il n'a pas d'enfants, ajouta Jenny, parce qu'il ne savait pas que c'étaient les vacances. Et en plus, il est coquet.
– Comment peux-tu savoir une chose pareille ?
Jenny sourit.
– Tu n'as pas remarqué sa coiffure ? Il a soigneusement ramené ses cheveux sur le haut du crâne pour cacher qu'il est un peu chauve. Moi, j'appelle ça de la coquetterie. Pour ce qui est de son âge, je lui donne environ quarante ans.
Elle nota encore « grande enveloppe », souligna les deux mots, puis elle posa son stylo.
– Résumons, dit Peter, qu'est-ce qu'on a trouvé ? Premièrement, une voiture volée. Deuxièmement un homme qui a les clés de cette voiture mais qui prétend qu'elle n'est pas à lui. Troisièmement, une mystérieuse enveloppe qu'il a mise dans le coffre.
– Tout cela est extrêmement suspect, murmura Jenny. J'aimerais savoir ce qu'il y a dans cette grande enveloppe. Je parie qu'elle est remplie de documents secrets.
Son imagination se mit à galoper.
– Cet homme est peut-être un agent double, qui vend des documents ultra-secrets. On a

dû lui dire de les déposer dans le coffre de la voiture.

Son regard s'illumina.

– Ce qui veut dire que quelqu'un viendra les chercher.

– Oui, dit Peter, et tout ce que nous avons à faire, c'est surveiller la voiture.

Il sauta sur ses pieds et se dirigea vers la fenêtre.

– Il n'y a pas de meilleur poste d'observation que la fenêtre de ma chambre.

Il se retourna vers les deux filles, le visage rayonnant, et sortit un appareil photo du tiroir de son bureau.

– Personne ne peut s'approcher de la voiture sans que nous le voyions, et sans que nous le prenions en photo.

Miranda regarda Peter, puis Jenny.

– Vous êtes complètement fous tous les deux. Ne croyez pas que je vais rester ici toute la journée à surveiller le parking.

Elle poussa un soupir profond.

– Quelle heure est-il ?

Jenny, qui faisait le guet à la fenêtre, se retourna.

– L'heure que tu t'achètes enfin une montre.

Ils se relayèrent tous les trois pour observer le parking pendant un temps qui parut à Miranda une véritable éternité. Personne ne s'approcha de la Cortina blanche.

– J'ai faim, dit-elle. Il n'y aurait pas quelque chose à manger ici ?

– Je ne pense pas, répondit Peter, en général c'est mon père qui fait les courses en rentrant.
– Alors je descends acheter quelque chose.
– Je ne comprends pas, dit Jenny, je pensais vraiment que quelqu'un viendrait chercher l'enveloppe assez rapidement.
– Et si personne ne vient ? Tu as l'intention de passer la nuit ici ?
– On pourrait descendre et prendre quelques photos de la voiture, suggéra Peter. Il nous les faudra comme preuve.
– Je pourrais les prendre, s'écria Miranda, ravie de pouvoir enfin passer à l'action.
Elle prit l'appareil et visa Jenny qui faisait une grimace.
– Est-ce que tu sais t'en servir ? demanda Peter.
– Tu me prends pour qui ? répliqua-t-elle en lui lançant un regard méprisant.
Ils descendirent au parking.
– Tu prends les photos, pendant que Jenny et moi faisons le guet. Il faut éviter que quelqu'un vienne nous surprendre.
Jenny et Peter se postèrent à deux coins opposés de l'immeuble, pour surveiller facilement les deux entrées du parking.
Miranda prit quelques clichés de la voiture. Ensuite, tous les trois se retrouvèrent à la porte arrière de l'immeuble.
– C'est fait, dit Miranda fièrement. Et maintenant, je mangerais bien quelque chose. On va acheter un paquet de chips ?

– Oui, mais l'un d'entre nous doit rester ici pour surveiller le parking, remarqua Peter, sinon, dès qu'on aura le dos tourné, quelqu'un viendra en douce prendre l'enveloppe. C'est toujours comme ça que ça se passe à la télé.
– D'accord, dit Miranda, je vais chercher les chips pendant que vous restez ici. Mais je vous parie tout ce que vous voudrez que personne ne viendra.
Elle traversa le hall en courant, poussa la porte d'entrée et s'engagea dans la rue.
– J'aimerais tellement savoir ce qu'il y a dans cette enveloppe, soupira Jenny.
– Il existe bien des moyens pour ouvrir un coffre sans en avoir la clé.
Jenny fronça les sourcils
– En le forçant, tu veux dire ?
– Oui.
– Et tu sais comment il faut faire ?
– Non, mais ça ne doit pas être très difficile.
– Il est hors de question que je fasse quelque chose d'illégal.
Peter réfléchit.
– Tu es sûre que l'homme a fermé le coffre à clé ? demanda-t-il. Il était pressé, il a pu oublier.
Jenny sourit.
– On pourrait aller vérifier.
Dans le parking désert, Jenny et Peter marchèrent vers la voiture.
« Après tout, se dit Jenny, il n'y avait aucun mal à vouloir jeter un coup d'œil dans un

coffre de voiture qui n'était pas fermé à clé. Surtout s'ils y trouvaient la preuve d'un crime. »

Miranda sortit de l'immeuble, l'appareil photo à la main. L'épicerie où Peter avait acheté les jus de fruits se trouvait à une centaine de mètres au coin de la rue.
« Une si belle journée ! Quel gâchis », pensa-t-elle. Elle espérait que Jenny allait enfin abandonner cette idée d'enquête, sinon ils risquaient de passer toute leur semaine de vacances le nez collé à la fenêtre de la chambre de Peter.
L'entêtement avec lequel Jenny s'était lancée dans cette affaire commençait à peser sérieusement sur l'amitié que Miranda lui portait. Ce qui avait semblé être une distraction agréable lui paraissait maintenant encore moins excitant que de faire des devoirs de vacances.
Une limousine couleur bleu métallique se gara au bord du trottoir à quelques mètres devant Miranda. Deux hommes en descendirent. Ils étaient vêtus de jeans et de blousons d'aviateurs. L'un d'eux était trapu. Ses cheveux blonds étaient coupés ras, ses traits faisaient penser à ceux d'un boxeur. L'autre, mince et mal rasé, avait des cheveux filasse qui lui tombaient sur les épaules.
Ils la dépassèrent sans la remarquer. Elle leur trouva l'air antipathique et les suivit du regard. Après avoir traversé le trottoir, les

deux hommes se dirigèrent vers les immeubles de la résidence. Puis, elle les vit emprunter le chemin qui menait au parking. Elle se sentit inquiète. Les deux hommes ne lui disaient rien qui vaille. Quelque chose dans leur comportement l'alarma. Peut-être leur façon de marcher ? Comme s'ils étaient pressés d'arriver au parking et comme s'ils avaient une idée derrière la tête.

Elle attendit, immobile, qu'ils aient tourné le coin. Ses pensées s'emmêlaient. « Tu commences à devenir comme Jenny, se dit-elle pour se rappeler à la raison. Ce sont probablement des ouvriers, rien d'autre. »

Elle fronça les sourcils. « Et s'ils venaient pour la voiture ? Ça voudrait dire que Jenny avait raison. Ah non, ce n'était pas possible. Ou bien… ? »

Miranda décida de suivre les deux hommes, discrètement. Il fallait qu'elle en ait le cœur net. Et si jamais ils s'approchaient de la voiture, elle en profiterait pour prendre rapidement quelques photos d'eux, sans qu'ils s'en aperçoivent.

Elle avança jusqu'au coin et jeta un coup d'œil prudent.

Ce qu'elle aperçut la terrifia. Jenny et Peter s'affairaient à l'arrière de la voiture blanche, sans se douter de rien. En les voyant, les deux hommes s'étaient mis à courir dans leur direction. Et ils ne semblaient pas être du genre à vouloir plaisanter.

9

LA COURSE POURSUITE

Peter tenta d'ouvrir le coffre.
– C'est fermé à clé, dit-il. Tant pis, on aura au moins essayé.
Jenny haussa les épaules. Au fond d'elle-même, elle était soulagée. Ele aurait bien voulu savoir ce qui se trouvait dans l'enveloppe, mais l'idée de fourrer son nez dans les affaires de quelqu'un d'autre lui paraissait choquante. Elle suggéra donc d'aller retrouver Miranda.
Elle se baissa pour inspecter les vis de la plaque d'immatriculation une dernière fois et soupira.
– Si seulement il pouvait se passer quelque chose. Je sens que Miranda commence à en avoir marre d'attendre. La patience, ce n'est pas son fort. Et moi, je me demande si on

ne fait pas fausse route. On me dit souvent que j'imagine des choses qui n'existent pas.

– Mais le changement de plaques, tu ne l'as pas imaginé, ni l'homme qui vous a raconté des bobards au sujet de la voiture, objecta Peter.

Il appuya de nouveau sur le système d'ouverture du coffre.

– Dommage que le coffre soit fermé à clé. Il suffirait d'avoir les bons outils pour l'ouvrir.

– Ah non, dit Jenny vivement, pas question ! Viens, on s'en va !

Elle se détourna de la voiture et poussa un cri sourd en s'agrippant au bras de Peter.

Peter se retourna. Il vit deux hommes traverser le parking à longues enjambées et se diriger droit sur eux. Deux hommes à la mine patibulaire.

– Cours ! cria-t-il.

Jenny démarra aussitôt. Ces deux-là étaient d'un tout autre genre que le Canard. Ils avaient l'air dangereux. Le genre de brutes qui devaient probablement cogner d'abord et poser des questions ensuite.

Péniblement, Jenny et Peter escaladèrent le talus, en glissant et en trébuchant. Jenny s'arrêta un bref instant et jeta un coup d'œil en arrière. Les deux hommes avaient dépassé la voiture et montaient déjà vers eux. Peter l'entraîna par le bras.

– Par ici, lui lança-t-il en cherchant à retrouver son souffle.

Il montra l'immeuble le plus proche.

– On essaiera de les semer là-dedans.

Ils poussèrent la porte avec tant de force que, emportés par leur élan, ils faillirent s'étaler dans le hall d'entrée. « Bienvenue à la Maison du Quartier des Bleuets », disait un panneau mural. Jenny eut à peine le temps de rétablir son équilibre que Peter l'empoigna et l'entraîna vers un couloir qui partait sur la droite. Les murs renvoyaient le bruit de leur course précipitée.

Tout à coup, Peter s'arrêta net. Il appuya sur la poignée d'une porte qui céda.

– Viens vite, souffla-t-il.

Ils se glissèrent dans la pièce. Silencieusement, Peter referma la porte. En reprenant leur souffle, ils jetèrent un coup d'œil autour d'eux. Remplie de bancs et de chaises, les murs recouverts de cartes et d'affiches, la pièce avait tout d'une salle de cours.

Peter colla l'oreille contre la porte.

– On va attendre qu'ils soient passés, chuchota-t-il, et quand ils auront disparu, on retournera chez moi.

Tout était parfaitement silencieux. Jenny n'entendait que le bruit de son cœur.

– Mais qu'est-ce qu'ils font ?

– Je ne sais pas, répondit Peter. Tu as vu leurs têtes, tout à l'heure ? Ils n'avaient pas l'air content de nous voir. Finalement, c'est toi qui avais raison. Chapeau !

– Arrête, je préférerais n'avoir jamais mis le nez dans cette histoire. En fait, je ne serai peut-être pas détective, plus tard.

Peter tenta de sourire mais n'y parvint pas.
– Voilà une sage décision.
– Tu as peur ? demanda Jenny.
– Non... c'est-à-dire... peut-être... un petit peu. Et toi ?
– Moi aussi.
Peter respira profondément.
– Je vais jeter un coup d'œil dans le couloir. Si ça se trouve, ils sont partis.
Sans un bruit, il entrouvrit la porte et regarda.
– Personne, dit-il. Je crois qu'on peut y aller.
À peine eurent-ils franchi la porte que quelqu'un s'exclama :
– Les voilà !
Un des deux hommes se tenait au fond du couloir d'où ils étaient venus. L'autre l'avait presque rejoint.
– Oh non !
Jenny était terrifiée. Peter la prit par la main et ils recommencèrent à courir. C'était comme dans un cauchemar. Il devait bien y avoir quelqu'un dans ce bâtiment pour les aider. Il leur fallait trouver un adulte pour se mettre en sécurité.
Jenny eut l'impression d'entendre quelque chose, on aurait dit un mélange de miaulements, de coups de klaxon, de crissements de craie et de voix d'enfants.
– Par ici, cria-t-elle en tournant dans un petit couloir qui était fermé par une porte. En une enjambée, ils montèrent les trois marches qui y menaient. Ils ouvrirent la porte sans un bruit et se faufilèrent à l'intérieur où un

vacarme assourdissant les assaillit. Un orchestre d'enfants tapait sur des instruments de percussion, soufflait dans des instruments à vent ou maltraitait des violons. Jenny et Peter étaient entrés par la porte du fond. À l'autre bout de la salle, devant les enfants, se tenait une femme aux cheveux gris ébouriffés. Elle portait une longue robe à fleurs et ses bras brassaient l'air comme un moulin. On pouvait lire sur son visage une expression de souffrance aiguë. Elle sautillait d'un pied sur l'autre, les yeux fermés.

– Mettez-y du cœur, cria-t-elle en espérant qu'on l'entende à travers le chahut général. Les percussions, gardez la mesure ! Boum, boum, boum !

Peter tira sur la manche de Jenny. À l'arrière de l'orchestre, il y avait deux bongos sans joueurs.

– Suis-moi murmura-t-il, on va se mettre avec l'orchestre.

– On est bien trop grands, elle va nous remarquer tout de suite.

Peter s'agenouilla derrière l'un des bongos. Jenny l'imita, tout en gardant l'œil fixé sur la porte. L'instant d'après, la porte s'entrouvrit. Dans l'entrebâillement, elle reconnut le visage d'un des deux hommes. Ses yeux scrutèrent la salle de répétition. Jenny baissa la tête et se mit à taper sur le bongo. Au bout de quelques secondes qui lui parurent interminables, elle leva les yeux. Visiblement déçu, l'homme refermait la porte.

La femme à la robe fleurie ouvrit les yeux.
– Mais qui fait donc ce bruit insupportable, cria-t-elle en faisant signe à l'orchestre d'arrêter de jouer. Trente visages d'enfants se tournèrent vers Jenny et Peter.
Jenny se leva.
– Excusez-moi, dit-elle, mais j'ai toujours voulu jouer dans un orchestre.
– C'est vrai, dit Peter, en se levant à son tour, je n'ai pas pu la retenir.
La femme chef d'orchestre en resta bouche bée. Jenny lui lança un sourire radieux.
– Merci, dit-elle, j'ai beaucoup apprécié ces quelques instants parmi vous. Excusez-nous pour le dérangement.
Elle se dirigea vers la porte où Peter l'attendait déjà.
Seuls dans le couloir, ils poussèrent un grand soupir de soulagement. Il n'y avait aucune trace des deux hommes.
– Vite, dit Peter. Miranda doit s'inquiéter.

– Ce n'est pas trop tôt, s'écria Miranda en les apercevant. Je me suis fait un souci monstre !
Elle les avait guettés, cachée derrière la porte arrière de l'immeuble de Peter.
Pendant qu'ils montaient l'escalier vers l'appartement de celui-ci, Jenny raconta ce qui leur était arrivé.
– Une chose est sûre, conclut-elle, il y a quelque chose de louche.
– Ils sont revenus, dit Miranda.

– Qui ?

– Les deux hommes. Ils sont revenus au parking. Je les ai observés. Ils sont allés à la voiture et ils avaient la clé du coffre.

– J'en étais sûre, s'écria Jenny. Et je parie qu'ils ont pris l'enveloppe !

– Tout juste.

– Je suppose que tu n'as pas pensé à prendre de photos, dit Peter en ouvrant la porte de l'appartement.

– Tout faux.

Miranda lui lança un sourire condescendant.

– J'ai pris deux ou trois très bonnes photos d'eux à travers la porte vitrée. Et ce n'est pas tout. En partant, le gros a fouillé dans l'enveloppe et en a tiré un papier.

Miranda s'assit confortablement sur le lit de Peter. Elle s'adossa au mur et continua, les yeux mi-clos :

– Il a regardé le papier et il a dit quelque chose à l'autre. Et moi, dit Miranda en rouvrant les yeux, je l'ai entendu. Il a dit : Mercredi, dix heures… L'autre lui a demandé : On peut lui faire confiance ? Et le gros a répondu : Il sait parfaitement ce qu'il lui arriverait si jamais il essayait de… Je n'ai pas entendu le reste, ils étaient déjà trop loin.

Jenny n'en revenait pas.

– Mercredi, dix heures, répéta-t-elle. Ils ont un plan, c'est évident. Mais pour faire quoi ?

Une mouche égarée tentait de sortir et se cognait contre la vitre. Jenny lui ouvrit la fenêtre.

– Ça y est ! J'ai trouvé, s'écria-t-elle. C'est un cambriolage ! Dans l'enveloppe, le Canard leur a passé des informations secrètes sur les systèmes d'alarme, sur le coffre et tout ça. Vous voyez ce que je veux dire ? Je trouve qu'on devrait alerter la police.

– Attends, dit Peter, ça se discute, parce que si la police fait des recherches et constate qu'on s'est trompés, mon père ne me le pardonnera pas une nouvelle fois.

– Comment ça, il ne te pardonnera pas ?

Peter parut embarrassé.

– Ça s'est passé il y a deux mois, là où j'habitais avant. Un jour, je vois un camion devant une maison avec deux hommes en train de sortir plein de choses de la maison pour les charger dans le camion. J'ai cru que c'étaient des cambrioleurs et j'ai tout de suite appelé la police.

– C'est intelligent, laissa tomber Miranda.

– Trois voitures de police sont venues. Malheureusement, ce n'était pas un cambriolage mais juste un déménagement. Je ne pouvais pas savoir. Ça ressemblait tellement à ce qu'on voit dans les reportages à la télé ! Vous savez, des camions entiers de marchandises qui disparaissent en plein jour et les cambriolages pendant que les gens sont en vacances.

– Bref, coupa Miranda, les policiers t'ont pris pour le dernier des imbéciles. Remarque, on ne peut pas trop leur en vouloir.

– À vrai dire, ils étaient plutôt sympas. C'est mon père qui a piqué une colère monumentale. Alors vous comprenez pourquoi j'hésite, maintenant ?

– Oui, dit Jenny, mais qu'est-ce que tu proposes ? Qu'on attende que le cambriolage soit dans tous les journaux avant d'aller voir la police ?

– Je ne sais pas, fit Peter, légèrement agacé. Tu permets que je réfléchisse ?

– Dommage qu'on n'ait pas de photo du Canard au moment où il dépose l'enveloppe dans le coffre, dit Jenny. Ça aurait permis d'établir un lien entre lui et les deux autres.

– Qui te dit qu'il ne reviendra pas ? demanda Peter. Il suffit de surveiller la voiture et d'essayer de le photographier si jamais il revient. Il nous faut des preuves, tu comprends ? On ne peut pas aller dire à la police qu'on pense qu'il y aura un cambriolage mercredi à dix heures. D'ailleurs, on ne sait même pas où.

– Exact, admit Jenny.

– Attendez, dit Miranda, on ne va tout même pas passer les deux jours qui viennent à surveiller le parking !

– Ça, je peux m'en occuper tout seul. Et dès que j'aurai du nouveau, je vous téléphone.

Miranda se leva.

– Bonne chance ! Mais si tu veux mon avis, tu vas perdre ton temps. Il n'a aucune raison de revenir puisqu'il a donné toutes les informations aux cambrioleurs, enfin aux soi-disant cambrioleurs. Bon, il faut que j'y aille maintenant. J'ai promis à ma mère de ranger ma chambre avant qu'elle rentre.

– Ah la barbe ! s'exclama Jenny. J'ai complètement oublié les courses. Attends, Miranda, je descends avec toi.

– Ne partez pas !

Peter sortit la pellicule de l'appareil photo.

– Est-ce que vous pouvez la donner à développer ? Ça m'évitera de m'éloigner d'ici.

– D'accord, dit Jenny en suivant Miranda. Je propose qu'on se retrouve ici demain après-midi. D'ici là, les photos seront prêtes.

– Parfait. On verra ce que vaut Miranda comme photographe de choc.

Celle-ci se contenta de hausser les épaules et de claquer la porte.

– Vous commencez à me fatiguer avec votre histoire de cambriolage, dit-elle à Jenny dans l'escalier. Qui nous dit que le Canard n'a pas tout simplement vendu la voiture à ces deux types ? Dans l'enveloppe, il y avait peut-être juste les papiers.

– Ah oui ? Et les plaques ?

– C'est ça ! Deux numéros différents pour une même voiture et deux petites vis qui brillent. Le reste, c'est toi qui l'as imaginé.

– Ah non, cette fois, je suis sûre qu'il se trame quelque chose de louche.

– Comme d'habitude, remarqua Miranda. Plus têtue que toi, ça n'existe pas.

10

UN DRÔLE D'OISEAU

Peter commençait à trouver le temps long. Il avait passé toute la matinée derrière la fenêtre de sa chambre à surveiller les allées et venues sur le parking. Jenny avait déjà appelé trois fois pour avoir des nouvelles, mais il n'y en avait pas. Personne ne s'était encore approché de la Cortina blanche.

À deux heures, Jenny et Miranda se retrouvèrent au magasin de photos. Jenny donna le ticket au vendeur, qui revint avec une enveloppe.

– Ouvre, dit Miranda, tout excitée.

– Non, on les regardera ensemble chez Peter.

– J'espère qu'elles sont bonnes, dit Peter en sortant les photos de la pochette.

En effet, les premiers clichés étaient très réussis. On y voyait des voitures et des scènes de rue. Il s'agissait de photos que Peter avait prises juste avant les vacances. Mais en tout et pour tout, il n'y avait que sept photos dans la pochette. Curieusement, toutes celles prises par Miranda n'avaient pas été développées.

– C'est bizarre, dit Peter en fouillant dans l'enveloppe.

– C'est typique, pesta Miranda, j'appelle ça du travail mal fait. On va aller se plaindre tout à l'heure.

– Du calme, regardons d'abord les négatifs.

Peter retira délicatement une bande de négatifs de la pochette et la regarda à contre-jour.

– Il n'y a strictement rien dessus, dit-il.

– Tu te moques de moi ? J'ai pris plein de photos !

Sans commentaire, Peter lui passa les négatifs. Miranda eut beau les tourner dans tous les sens, ils étaient parfaitement transparents. Un doute germa dans la tête de Peter.

– Juste une question : tu as bien enlevé le cache de l'objectif ?

– Quel cache ?

Peter se prit la tête entre les mains en marmonnant quelque chose qui ne ressemblait guère à un compliment. Rouge comme une pivoine, Miranda se défendit :

– Personne ne m'a parlé de ce cache. Je ne pouvais quand même pas deviner.

– C'est bon, n'en rajoute pas soupira Jenny.

Peter s'était écroulé sur son lit et fixait le plafond.
– Je rêve, dit-il amèrement. Elle gâche nos meilleures preuves et elle trouve que ce n'est pas de sa faute. Bon, je propose qu'on classe l'affaire et qu'on joue au mikado.
L'ambiance était tendue. Jenny sentait Miranda sur le point d'exploser et de se brouiller définitivement avec Peter. Elle même avait du mal à dissimuler sa déception, mais ce n'était pas une raison pour lâcher leur enquête à ce stade décisif.
– Bande de dégonflés, tonna-t-elle, vous n'allez quand même pas vous laisser abattre aussi facilement ! Tant pis pour les photos. On fera sans elles.
Elle sortit son carnet.
– Chacun de nous a vu les deux hommes. Essayons de les décrire de mémoire. Comme ça, on pourra donner leur signalement à la police après le cambriolage.
Le stylo à la main, elle leur sourit.
– Allez-y ! Je vous écoute.
– À quoi ça sert ? ronchonna Miranda, au point où on en est.
– Au point où on en est, dit Peter en la fixant, quelqu'un ferait bien de surveiller le parking à ma place. Je trouve que j'en ai fait assez pour aujourd'hui.
– C'est vrai, dit Jenny, le nez sur son carnet. Vas-y, Miranda, pendant que j'écris.
– Ah non, certainement pas ! s'écria Miranda. D'abord, vous me traitez d'inca-

pable et maintenant, vous voulez me mettre définitivement sur la touche, parce que vous savez, comme moi, qu'il ne se passera plus rien sur ce fichu parking.

– Je t'en supplie, Miranda, dit Jenny, ne fais pas ta mauvaise tête !

Bouillant de colère, Miranda la dévisagea.

– C'est tout ce que tu trouves à me dire ? Merci. Amusez-vous bien tous les deux ! Moi, je m'en vais.

Elle disparut dans le couloir sans même fermer la porte derrière elle.

Jenny se sentait mal à l'aise.

– Je vais essayer de la rattraper.

– D'accord, et dis-lui que je regrette d'avoir été méchant. Ça peut arriver à tout le monde de rater des photos. Je t'appellerai plus tard.

Jenny rattrapa Miranda en bas de l'escalier.

– Ce n'est pas la peine qu'on se dispute pour si peu.

Miranda esquissa un sourire.

– Je suis désolée pour les photos et je n'ai aucune envie de surveiller le parking.

– Ne t'en fais pas. Peter le fera bien. Au fond, il adore ça. Comme tous les garçons.

Elle prit Miranda par le bras.

– Écoute, ma mère veut que je vienne la chercher à la banque pour qu'on aille m'acheter des vêtements. Tu veux bien venir avec moi, s'il te plaît ? Tu m'aideras à choisir. Tu es meilleure que moi pour ça.

– Ça marche.

Miranda avait retrouvé sa bonne humeur.

– On se fait un petit sprint ? demanda-t-elle en sortant dans la rue. Jusqu'aux feux là-bas. J'ai besoin de bouger.

– Attends, je voudrais juste te poser une question. C'est au sujet de cette histoire de cambriolage. Crois-tu que je me laisse trop emporter par mon imagination ?

– Ce ne serait pas la première fois.

– Mais tu as bien vu que je ne suis pas la seule à y croire. Peter, lui aussi, pense que c'est possible.

– Ne me parle pas de celui-là ! C'est lui qui nous a entraînées dans cette affaire. Monsieur-je-vois-des-voitures-volées-et-des-cambrioleurs-partout !

– Je suis d'accord avec toi, prendre des déménageurs pour des cambrioleurs, il fallait le faire.

– Il l'a fait.

– Tu veux dire que...

Jenny regarda Miranda qui courait sur place.

– Tu veux dire que s'il s'est trompé pour les déménageurs, il a très bien pu se tromper pour les plaques de voiture ?

– À vos marques ! cria Miranda.

– Mais ça ficherait tout par terre ! Il n'y aurait plus d'histoire de voiture volée ni de cambriolage !

– Prête ?

– Remarque, quand je pense aux deux hommes qui nous ont couru après, mon père aurait peut-être fait pareil en voyant deux jeunes rôder autour de sa voiture.

– Partez ! cria Miranda en s'élançant tel un bolide.
Jenny démarra à sa suite. Emportée par le plaisir de courir, elle chassa la Cortina, le Canard et ses complices de son esprit.
– Match nul, déclara Miranda qui était arrivée la première à l'épicerie. Entre amies, ça ne compte pas, mais parfois, tu es un peu lente.

La banque où travaillait Mme Adams se trouvait au centre de Highgate, dans une rue très animée.
– La voilà, dit Jenny.
Du trottoir opposé, elle venait d'apercevoir sa mère qui sortait de la banque en compagnie de plusieurs autres personnes. Un homme de ce petit groupe se retourna et ferma la porte de la banque à clé. Les autres partirent chacun de son côté, excepté Mme Adams qui s'était arrêtée et semblait attendre l'homme pour lui parler.
– Jenny, souffla Miranda d'une voix à peine audible, Jenny, regarde ! C'est lui !
Mais Jenny ne vit qu'un autobus de la ligne 27 suivi d'une camionnette de livraison. Quand la vue fut enfin dégagée, elle aperçut l'homme qui se tourna vers sa mère et lui dit quelques mots avant de partir d'un pas pressé. Il portait un costume bleu marine. Jenny ne put distinguer son visage mais elle reconnut la façon dont ses cheveux étaient plaqués sur son crâne et la manière curieuse qu'il avait de marcher.

– C'est lui, s'exclama Miranda, c'est le Canard ! Mais il travaille avec ta mère ?
Les deux filles se regardèrent d'un air ahuri.
– Mercredi, dix heures, murmura Miranda, ça ne te fait penser à rien ?
– Mais si, bien sûr, les deux hommes.
– À mon avis, le Canard est dans le coup. C'est la banque qu'ils veulent cambrioler !
– Ce n'est pas possible, dit Jenny. Je me rappelle que ma mère m'a raconté que les fonds de la semaine partaient dans un fourgon blindé tous les mardis. C'était aujourd'hui. Il n'y aura donc pratiquement pas d'argent dans la caisse demain matin.
– Et les deux hommes le sauraient ?
– Évidemment. Il les aurait mis au courant.
Jenny se refusait d'imaginer que sa mère puisse avoir un collègue qui ait l'intention de cambrioler sa propre banque.
– Non, ça doit être autre chose.
– Et quoi, par exemple ?
Jenny haussa les épaules.
– Je ne sais pas, dit-elle. Tu avais peut-être raison. Il a dû vendre la voiture aux deux hommes, quelque chose d'aussi simple que ça. Viens, on traverse, mais ne dis rien de tout ça à ma mère. Cherchons d'abord à savoir qui il est.
– Bonjour, les filles, dit Mme Adams. Alors, vous êtes prêtes pour aller dévaliser les magasins ?
– Oui, dit Jenny, qui ajouta d'un ton parfaitement anodin : On t'a vue sortir de la

banque tout à l'heure. Qui était l'homme qui a fermé la porte à clé ?

– Celui qui marche comme un canard, ajouta Miranda.

Mme Adams ne put s'empêcher de sourire.

– C'est vrai qu'il a une démarche un peu spéciale, mais ce n'est pas une raison pour vous moquer de lui. M. Cheevers est mon patron, c'est le nouveau directeur de notre agence. Venez, j'ai vu de jolies chaussures dans une boutique qui vient d'ouvrir.

Jenny et Miranda échangèrent un regard derrière le dos de Mme Adams.

– Le directeur, chuchota Miranda, tu as entendu ?

Jenny lui fit signe de se taire.

– On en parlera plus tard avec Peter.

Mme Adams se retourna.

– Qu'est-ce que vous êtes en train de marmonner, les filles ? demanda-t-elle.

– Rien, rien, se hâta de dire Jenny.

Une chose lui paraissait claire maintenant : quoi que M. Cheevers ait l'intention d'entreprendre avec la voiture garée sur le parking de la résidence de Peter, cela ne pouvait en aucun cas faire partie d'un plan concernant le cambriolage de sa propre banque.

11

MERCI, ARTHUR !

Miranda avait obtenu de sa mère la permission de passer la nuit chez Jenny. Les deux filles avaient décidé de dîner dans la chambre de Jenny et mangeaient des sandwichs et des frites en discutant.

Jenny contemplait d'un air maussade la paire de chaussures neuves posées sur son lit dans leur boîte.

– Si j'avais su que c'était pour m'acheter une simple paire de chaussures d'école, je n'y serais pas allée.

Elle poussa la boîte du coude.

– Quand je pense que je serai obligée de mettre ça tous les jours !

– Oui, mais si nous n'étions pas allées chercher ta mère, nous n'aurions pas vu le Canard.

– C'est vrai, admit Jenny.

Elle mordit à pleines dents dans son sandwich et mâcha en réfléchissant.

– Qu'est-ce qu'il peut bien préparer ?

Elle jeta un coup d'œil à sa page de notes.

– Relis-moi ce que tu as écrit, dit Miranda, ça me permettra de me remettre les choses en mémoire.

– Premièrement, il y a une voiture suspecte.

– D'accord, acquiesça Miranda.

Allongée sur le lit de Jenny, elle s'amusait à faire tomber, une à une, des frites dans sa bouche. Elle reprit :

– Une voiture suspecte et probablement volée.

– Oui, et c'est là que le Canard apparaît. Il prétend que la voiture n'est pas à lui, mais il a les clés du coffre. Et il y dépose une enveloppe. Peu après, deux types avec de sales têtes nous prennent en chasse, Peter et moi. Ils vont chercher l'enveloppe et toi, tu entends l'un d'eux qui dit : Mercredi, dix heures.

– C'est-à-dire demain, ou bien mercredi prochain ou encore celui de la semaine d'après.

– Dernier élément, lut Jenny, le Canard est le directeur de la banque. Mais rien de tout cela ne prouve qu'ils aient l'intention de cambrioler la banque. D'autant moins que le fourgon vient chercher l'argent tous les mardis.

Elle observa Miranda qui s'était penchée hors du lit à la recherche d'une frite tombée par terre.

– Si tu as une idée géniale, n'hésite surtout pas.

– Je pense à un mot que tu as prononcé la semaine dernière, dit Miranda, en essuyant la frite retrouvée sur la manche de son sweat-shirt. C'était le jour où on a observé Peter près du rond-point. Il notait des numéros de voitures, mais toi, tu croyais qu'il aidait à préparer un enlèvement.

Elle avala sa frite.

– Et si le Canard s'était mis d'accord avec les deux types pour organiser son propre enlèvement et pour partager l'argent de la rançon avec eux ?

– Pas bête, dit Jenny, pleine d'admiration. Personne ne pourrait se douter qu'ils sont complices tous les trois.

– Personne à part nous.

Jenny se leva d'un bond.

– Je vais appeler Peter, il faut qu'on le mette au courant.

Elle descendit l'escalier en courant et s'arrêta, stupéfaite. La petite tablette dans l'entrée était vide.

– Maman, le téléphone a disparu, cria-t-elle.

– Viens voir, appela Mme Adams depuis la cuisine.

Sur la table, Jenny vit le téléphone. Il était en morceaux.

– Tu peux remercier ton frère. Je lui avais pourtant interdit de jouer au basket dans la maison.

– Il est cassé ?

– Il ne fonctionne pas, si c'est ça que tu veux savoir.

Avec un tournevis, Mme Adams fouillait dans les entrailles du poste.

– J'abandonne, soupira-t-elle. Il faudra que j'appelle le réparateur demain matin. Comme si je n'avais pas déjà suffisamment de choses à faire.

Elle se tourna vers Jenny.

– Ton frère est un vrai danger public.

– Ce n'est pas à moi qu'il faut le dire, remarqua Jenny avant de remonter dans sa chambre. Elle raconta le dernier exploit d'Arthur à Miranda qui trépignait d'impatience.

– Écoute, dit-elle, je suis convaincue qu'ils vont se servir de la voiture pour l'enlèvement.

– Ce qui voudrait dire, continua Jenny, que les deux hommes vont aller la chercher sur le parking demain matin avant dix heures. Tu ne crois pas qu'on devrait en parler à ma mère ?

– Et si on se trompe ?

– C'est ce que je me dis aussi. On aurait l'air de quoi ?

Elle se mordit la lèvre.

– Je suis embêtée.

– Il n'y a pas de quoi, dit Miranda pour la rassurer. Voilà ce qu'on va faire. Demain matin, on se lève de bonne heure et on file chez Peter pour tout lui raconter, et si les deux hommes viennent chercher la voiture, on pourra les prendre en photo.

– Je suis sûre qu'ils viendront.
– On n'en sait rien pour l'instant. Ce n'est qu'une supposition.
– C'est presque une certitude. Imagine un peu la tête de tout le monde quand on leur montrera les photos des faux kidnappeurs et quand on leur expliquera que le Canard est dans le coup !
Jenny rayonnait.
– Alors, on n'est pas des champions ? Je vois déjà nos noms sur le journal ou peut-être même à la télé !
– On se calme, dit Miranda. Il ne s'est encore rien passé du tout.
– Mais ça ne va pas tarder, je le sens.

Elles passèrent une bonne partie de la soirée à improviser des interviews pour la télévision.
– Jenny Adams, interrogeait Miranda en lui tendant un micro imaginaire, à quand remontent vos premiers soupçons concernant l'enlèvement ?
– C'est simple, répondait Jenny en souriant, c'était au moment où j'ai découvert que les plaques d'immatriculation avaient été changées.
– Tu triches ! C'était Peter et pas toi !
– Oui, admit Jenny, mais c'est quand même nous deux qui avons fait le plus gros du travail d'enquête.
– Comment veux-tu que je le sache ? demanda Miranda. Moi, je suis journaliste.

– Ah oui, et comment savais-tu que c'était Peter qui avait découvert l'histoire des plaques ?
Miranda éclata de rire.
– Tu as gagné, mais j'en ai assez des interviews. Et si on jouait aux cartes ?

Elles se couchèrent tard. Quand elles descendirent dans la cuisine, le lendemain matin, les parents de Jenny étaient déjà partis au travail. La table de la cuisine ressemblait à un champ de bataille. Arthur jouait aux envahisseurs extraterrestres.
– Et si tu allais jouer ailleurs ? lui dit Jenny sèchement.
– Qu'est-ce que vous avez tous contre moi aujourd'hui ? ronchonna-t-il. Maman vient de me priver de sortie pour deux jours parce que j'ai cassé sans faire exprès le téléphone avec mon ballon de basket.
– C'est bien fait pour toi, dit Jenny, tu l'as vraiment cherché.
– Oui, mais si elle est de mauvaise humeur, c'est uniquement parce qu'elle a des problèmes à son travail. Je l'ai entendue en parler à papa.
– Raison de plus pour te tenir à carreau, tu sais comment elle est.
Quelqu'un sonna à la porte et Jenny alla ouvrir. C'était Peter.
– J'ai essayé de t'appeler je ne sais combien de fois. Votre téléphone est en panne ?

– C'est mon petit frère qui a encore frappé très fort, expliqua Jenny en le faisant entrer dans la cuisine.
– Mais qu'est-ce que tu fais ici ? s'écria Miranda. Tu ne devais pas surveiller la voiture ?
– Ça va, j'y retourne tout de suite. Je voulais juste vous demander si vous n'auriez pas envie de venir avec moi. Je m'ennuie tout seul.
Arthur dressa l'oreille.
– Quelle voiture est-ce que tu surveilles ?
– Mêle-toi de ce qui te regarde, répliqua Jenny à Arthur qui lui tira la langue.
– Raconte à Peter ce que nous avons découvert, dit Miranda, et explique-lui notre idée.
Jenny résuma ce qu'elles avaient appris sur M. Cheevers.
Peter siffla d'étonnement.
– Le Canard est le directeur de la banque ! Alors c'est la banque qu'ils vont cambrioler aujourd'hui. Et pas à dix heures du matin, mais à dix heures du soir !
– Non, tu n'y es pas, dit Jenny. Le fourgon vient chercher l'argent tous les mardis. Le mercredi, il n'y a donc pas beaucoup d'argent dans la caisse. Mais, ajouta-t-elle fièrement, Miranda et moi, nous avons trouvé ce qu'ils vont...
– Ouaou ! cria Arthur, les yeux exorbités. Jenny !!!
– Tais-toi ! lui lança-t-elle, tu ne peux pas nous ficher la paix deux secondes ! C'est une conversation privée, tu entends.

– Mais écoute ce que je te dis ! hurla Arthur. Il n'est pas venu hier !

Les trois amis le regardèrent, interloqués.

– De quoi est-ce que tu parles, Arthur ? demanda Jenny d'une voix blanche.

– Tout à l'heure, au petit déjeuner… commença Arthur qui dut s'interrompre pour reprendre son souffle… justement maman parlait de ça à papa. Elle n'était pas contente, mais alors pas contente du tout, parce que son patron n'arrête pas de tout changer. Et alors elle a dit, je l'ai entendue, Jenny, je te jure que c'est vrai, elle a dit que le fourgon blindé venait ce matin.

– Quoi ? s'écria Jenny.

Miranda frissonna.

– Arthur, demanda-t-elle le plus calmement possible, est-ce que tu es sûr de ce que tu dis ?

– Mais oui ! hurla-t-il. Pourquoi est-ce que personne ne m'écoute ?

Peter regarda sa montre.

– Il est neuf heures et demie. Ça veut dire qu'ils risquent d'attaquer la banque dans une demi-heure. Vite ! Il faut appeler la police !

– Mais tu sais bien que le téléphone est cassé !

Jenny regarda Peter et Miranda.

– En courant, on peut être à la banque à temps et prévenir ma mère. Elle saura ce qu'il faut faire.

Tous les trois se précipitèrent vers la porte.

– Attendez-moi, cria Arthur, je viens avec vous.
– Non, Arthur, s'il te plaît. Cours vite chez Mme Henderson, à côté, et demande-lui d'appeler la police. Explique-lui qu'il faut leur dire qu'il y aura un hold-up dans la banque où travaille maman.
– Mais…
– Dépêche-toi, Arthur, je t'en prie ! Et dis-lui que nous sommes partis prévenir maman.
– Mais elle ne me croira jamais !
– Elle te croira, ne te fais pas de souci.
Elle poussa Arthur dans la direction de la maison des voisins.
– Cours, Arthur, c'est sérieux !

Ils cavalèrent en direction du centre de Highgate. Jenny sentait son cœur cogner comme un tambour.
« J'aurais dû en parler à maman, pensait-elle, j'aurais dû tout lui raconter. Pourvu qu'on n'arrive pas trop tard ! Pourvu qu'il n'arrive rien à personne ! »
Elle redoubla d'effort, entraînant les deux autres avec elle. Ils n'étaient plus qu'à deux rues lorsque Jenny entendit un cri de douleur derrière elle. En se retournant, elle vit Peter étendu par terre et Miranda qui s'était arrêtée pour l'aider. Il avait dû trébucher sur quelque chose, mais Jenny n'avait pas le temps de s'en préoccuper. Chaque minute comptait.

En débouchant dans la rue où se trouvait la banque, elle aperçut le fourgon blanc qui stationnait en bordure du trottoir. Il n'y avait pas la moindre trace des convoyeurs. Ils étaient arrivés en avance et devaient déjà se trouver à l'intérieur de la banque.
Le feu passa au vert et Jenny traversa la rue en courant. Elle monta les quelques marches et poussa la première porte qui menait au sas de sécurité. La deuxième porte qui donnait accès à la salle des guichets n'était même pas bloquée ! Sans réfléchir, Jenny se précipita à l'intérieur de la salle et s'arrêta, saisie d'effroi. Elle était arrivée trop tard, en plein milieu d'une attaque de banque à main armée.

12

JAMAIS DEUX SANS TROIS

Jenny étouffa un cri. Plusieurs personnes, parmi elles les deux convoyeurs de fonds, revêtus de leurs uniformes et de leurs casques, étaient couchées au sol, face à terre et les bras croisés dans le dos.
Deux hommes masqués se tenaient debout dans la salle des guichets, l'un d'eux avait une arme à feu à la main. Lorsque la porte se referma sur Jenny, il se retourna sur elle. Malgré leurs cagoules, Jenny n'eut aucun mal à reconnaître les deux hommes : c'étaient eux qui les avaient poursuivis l'autre jour.
L'homme armé avait une grande caisse blanche à ses pieds, l'autre était muni d'un grand sac à provisions. Blême de peur, le caissier passait des liasses de billets par

l'ouverture de son guichet et l'homme les fourrait dans le sac sans quitter l'employé des yeux.

Derrière le comptoir, Jenny aperçut les visages effrayés d'autres employés.

– Couche-toi, rugit l'homme armé, et plus vite que ça !

Jenny se jeta par terre, la face plaquée au sol, comme tous les gens autour d'elle.

Trop tard, trop tard, martelait son cœur.

– On met les voiles, cria le gangster armé à son complice.

Les yeux fermés, Jenny essayait de s'empêcher de trembler pendant qu'elle sentait résonner dans sa tête des pas lourds qui ébranlaient le sol.

– Et que personne ne bouge dans les cinq prochaines minutes ! Sinon… !

Jenny entendit un battement de portes et puis plus rien. Au bout de quelques secondes d'un silence oppressant, quelqu'un cria :

– Donnez l'alarme ! Vite !

Jenny leva la tête. Autour d'elle, les clients et les convoyeurs se mettaient lentement debout, leurs visages encore crispés de peur. Elle se redressa sur les genoux. Ses jambes avaient la consistance de la gelée de groseilles.

– Personne n'est blessé ? demanda une voix d'homme.

Derrière le comptoir, Jenny aperçut M. Cheevers qui paraissait sincèrement bouleversé.

L'un des deux convoyeurs secourait une vieille dame qui avait du mal à se relever tandis qu'un bourdonnement de voix emplissait la salle. Après l'épreuve qu'ils venaient de vivre, clients et employés tentèrent de retrouver leurs esprits.

– S'il vous plaît, mesdames et messieurs, restez calmes, les rassura l'autre convoyeur, il n'y a plus de danger. La police va arriver d'un moment à l'autre.

Jenny réussit à se mettre debout en s'appuyant contre un mur. Tout autour d'elle lui paraissait flou.

– Jenny !

C'était la voix de sa mère.

Horrifiée, Mme Adams venait d'apercevoir sa fille parmi les clients. Elle contourna le comptoir, ouvrit la porte qui la séparait de la salle et courut vers elle pour la serrer dans ses bras.

– Maman !

Jenny sentait sa tête tourner.

– Tu n'as rien, Jenny ?

– Non, maman, ça va.

– Mais qu'est-ce que tu fais ici, ma fille ?

Jenny rassembla toutes ses forces.

– Maman, dit-elle d'une voix ferme et franche qui résonnait dans la salle, maman, c'est lui.

Elle pointait un doigt tremblant en direction de M. Cheevers.

– C'est lui qui a tout organisé ! Les deux autres sont ses complices. J'ai voulu te

mettre en garde, mais je suis arrivée trop tard.
– Mais Jenny, de quoi parles-tu ? Explique-toi !
Mme Adams la regarda, très inquiète.
– On l'a vu près de la voiture. Il a dit qu'elle n'était pas à lui, mais il avait les clés, et il a mis l'enveloppe dans le coffre. Et après, les deux autres sont arrivés. Ils ont pris l'enveloppe dans le coffre. On a tout vu, tu comprends ?
Mme Adams sentait sa fille trembler dans ses bras. Autour d'elles, tout le monde s'était tu.
– Mais de quelle voiture veux-tu parler ? Et de quelle enveloppe ? Raconte ! Je n'y comprends rien.
Jenny vit M. Cheevers derrière le comptoir, le visage hagard et les yeux braqués sur elle.
– Tu peux demander à Miranda, si tu ne me crois pas. C'est lui qui a organisé le coup avec eux.
Les gens s'étaient rapprochés.
– Pauvre petite, dit quelqu'un, c'est le choc.
Jenny en aurait pleuré de colère en voyant les regards de compassion qui se posaient sur elle. Personne ne la croyait !
M. Cheevers ne bougeait pas. Seule sa pomme d'Adam s'agitait.
– Allez chercher une chaise pour cette enfant. Je crois qu'elle est encore sous l'effet du choc.
– Je n'ai pas besoin de chaise, dit Jenny en se détachant des bras de sa mère.
Elle la regarda droit dans les yeux.

– Pourquoi est-ce que personne ne veut me croire ? Pourquoi est-ce que je serais venue ici si ce n'était pas pour t'avertir ? Tu dois me croire, maman, tu me connais !

Mme Adams connaissait sa fille et elle la crut.

À ce moment, les portes s'ouvrirent à grand bruit et deux officiers de police firent leur apparition.

– Est-ce qu'il y a des blessés ? demanda l'un d'eux.

– Non, dit M. Cheevers, Dieu merci, tout le monde est sain et sauf. Mais, et sa voix se voila, ils ont pris tout l'argent de la semaine.

Jenny s'envola vers les policiers.

– S'il vous plaît, les implora-t-elle, écoutez-moi !

Elle désigna M. Cheevers.

– Il est de mèche avec les gangsters. C'est la vérité.

– Ça suffit, cria M. Cheevers, hors de lui, faites-moi taire cette enfant immédiatement, elle ne sait pas de quoi elle parle !

Les portes s'ouvrirent de nouveau. Tout essoufflés, Peter et Miranda entrèrent.

– Vous voyez, leur cria Jenny au bord des larmes, on est arrivés trop tard.

Miranda courut vers elle.

– Ne t'en fais pas, on a vu la voiture avec laquelle ils sont partis. C'est celle que j'avais vue avant-hier. Pas la blanche, mais la grosse voiture bleue.

L'un des deux officiers de police se retourna vers eux.

– Vous n'avez rien à faire ici, les enfants. Allez jouer dehors et laissez-nous faire notre travail !

– Mais nous voulons vous aider, dit Jenny, nous savons beaucoup de choses. Je peux vous faire le portrait des deux gangsters, je les ai vus sans leurs masques.

– Et moi, dit Peter, je peux vous dire où ils vont changer de voiture.

Les deux policiers se regardèrent, l'air sceptique.

– Messieurs, s'écria M. Cheevers avec indignation, au lieu d'écouter ces balivernes, vous feriez mieux de vous lancer à la poursuite des malfaiteurs !

– Ah vous, le Canard, taisez-vous, hurla Miranda, nous savons tout sur vous ! Et en plus, nous avons des photos pour le prouver !

Elle regarda les deux policiers :

– Oui, nous les avons pris en photo, lui et ses deux complices.

Et, se tournant M. Cheevers, elle ajouta :

– Ça, évidemment, vous ne pouviez pas le savoir ! Hé oui, nous avons de belles photos de vous, des gangsters et de la voiture. Elles sont chez Peter.

Elle croisa les bras et le défia regard.

– Essayez toujours de vous sortir de ça, vous n'y arriverez pas !

M. Cheevers était devenu très pâle. Il s'agrippa au montant de la porte comme pour empêcher ses jambes de se dérober sous lui.

– La voiture avec laquelle les deux bandits vont s'enfuir est une Cortina blanche, dit Peter.

Il donna le numéro de la voiture et l'adresse du parking.

– Faites vite, s'il vous plaît, insista-t-il, ce n'est pas très loin d'ici.

L'un des policiers sortit son talkie-walkie et transmit les indications de Peter au central.

– Enfin ! s'exclama Jenny.

Elle regarda sa mère.

– Tu vois, eux, ils nous écoutent.

Du talkie-walkie sortit un grésillement de voix.

– D'accord, bien reçu, répondit le policier.

Il se tourna vers Peter.

– Deux de nos voitures se dirigent vers le secteur, dit il.

Peter sourit.

– De toute façon, ils ne risquent pas d'aller loin. Je me suis occupé des pneus.

L'autre policier vint vers Peter, Miranda et Jenny.

– J'ai l'impression que vous avez beaucoup de choses à nous raconter.

– Oh oui, vous allez être surpris, dit Jenny.

Près de la porte du fond, M. Cheevers finit par s'écrouler. Son visage rougeaud avait viré au vert.

– Je vous en prie, gémit-il à l'adresse des policiers, épargnez-moi cela ! Je suis prêt à tout vous dire.

– Quelle histoire ! dit M. Adams en

déployant le journal sur la table de la cuisine. Qui aurait imaginé une chose pareille ?
Jenny fit un clin d'œil à Peter et Miranda.
– Ah oui, dit elle, il fallait vraiment avoir une imagination débordante.
Sa mère lui lança un sourire entendu.
L'article qui avait paru dans le journal du soir faisait deux colonnes entières et avait pour titre :

UN HOLD-UP ÉCHOUE À HIGHGATE
TROIS ENFANTS
DÉMASQUENT LES MALFAITEURS

Il était illustré de deux photos ; l'une montrait M. Cheevers sortant du commissariat de police, menottes aux poignets, et l'autre Jenny, Peter et Miranda qui se tenaient devant le fourgon blanc, souriant un peu maladroitement au photographe.
– Et pourquoi est-ce qu'il n'y a pas de photo de moi sur le journal ? protesta Arthur. C'est moi qui ai couru chez Mme Henderson pour lui dire d'appeler la police.
– Arthur, s'il te plaît, arrête de râler, soupira Jenny.
– Il n'y a même pas mon nom dans l'article, tu trouves ça normal ?
Jenny prit un stylo sur le buffet. En bas de l'article, elle ajouta :
P.S. : C'est le jeune Arthur Adams qui a fait prévenir la police.
– Ça va comme ça ? demanda-t-elle.

Arthur haussa les épaules.
– Tu me prends vraiment pour une pomme, dit-il.
– Quelqu'un pourrait relire le passage sur les photos ? demanda Miranda, c'est celui que je préfère.
– Volontiers, dit M. Adams, alors écoutez bien. « Selon la police, Norman Cheevers passa aux aveux après avoir entendu Miranda Hunt affirmer aux policiers que les trois jeunes l'avaient pris en photo en compagnie des deux malfaiteurs. C'est seulement plus tard que la jeune fille révéla qu'étant donné leur mauvaise qualité, ces photos n'avaient pu être développées. »
Miranda était aux anges.
– La tête qu'il a faite quand il a su qu'on n'avait pas du tout de photo de lui. Malade !
– Écoutez, dit Jenny, j'aime bien ce passage.
Elle lut :
– « C'est après avoir remarqué que les plaques avaient été échangées que les trois jeunes détectives… »
Elle rayonna.
– « Les jeunes détectives ! » C'est nous, vous vous rendez compte ?
– Oui, sourit Peter, ça fait un peu drôle.
L'article mentionnait également l'arrestation des deux bandits sur le parking. Ils avaient été si surpris de trouver les pneus de leur voiture dégonflés qu'ils n'avaient opposé aucune résistance à la police.
– Ils vont en prendre pour quelques

années, dit Jenny.

– M. Cheevers aussi, remarqua Mme Adams. Il a abusé de sa position de confiance, et c'est très grave. Les juges sont très sévères envers des gens comme lui.

– Je peux faire une proposition ? demanda Arthur poliment.

Tous les regards se portèrent sur lui.

– Je propose qu'on fête les trois jeunes détectives.

– Excellente idée, répliqua M. Adams.

Il tira un billet de son portefeuille et le tendit à Jenny.

– Voilà pour un dîner entre détectives. Vous penserez bien à moi.

– Ce n'est pas tout, sourit Mme Adams. Moi aussi, j'ai quelque chose à fêter. Après le départ très remarqué de M. Cheevers, le directeur adjoint de notre filiale a été promu directeur et moi, j'ai été désignée pour prendre sa place.

Elle rajouta un billet.

– Voilà pour une sortie chez le glacier. Et n'oubliez pas de rapporter une belle glace à l'assistant Arthur.

– Fraise-chocolat-framboise-vanille, avec du caramel et des pistaches, si possible, précisa celui-ci. Et s'il n'y a pas framboise, vous me prenez citron !

Une demi-heure plus tard, les trois amis fêtaient leur triomphe autour d'une gigantesque pizza.

– Qu'elle est bonne !

Miranda en avait les yeux qui roulait de plaisir.
– On ne pourrait pas ouvrir une agence de détectives-pizzeria ?
– C'est à voir avec notre nouvel associé, dit Jenny en faisant un sourire à Peter. À moins que ça ne t'intéresse pas de travailler avec nous.
– J'aimerais bien, mais je ne sais pas si Miranda serait d'accord.
– Aucune objection.
Miranda reprit une deuxième part.
– Si on n'était pas tombées sur un type bizarre comme toi qui collectionne des numéros de voitures, on serait encore en train de filer des mamies innocentes avec leurs toutous. Alors, bienvenue à l'agence…
Elle s'interrompit.
– C'est vrai qu'on n'a toujours pas de nom pour notre agence !
– « Jamais deux sans trois », dit Peter.
– Pardon ? fit Miranda.
– Je ne comprends pas, dit Jenny.
– C'est censé être un nom d'agence de détectives ?
– C'est ridicule.
– Il n'y a qu'un garçon pour… Oh, pardon !
– Quelle drôle d'idée !
– Pas drôle du tout, nul.
– Il y a tellement de noms mieux que ça.
– Il y a des tas de noms fantastiques.
– Ah oui, ce n'est pas ce qui manque.
– Des noms qui frappent.

– Qui vous marquent.
– Qui résonnent.
– Qui font rêver.
– Rigolos.
– Originaux.
– Extraordinaires.
– Subtils.
– Je vous écoute, dit Peter.
– Euh… fit Miranda, en regardant en l'air.
– Attends ! dit Jenny en cherchant par terre.

On n'entendait plus que le bruit des conversations aux tables voisines.

Finalement, Miranda n'y tint plus.

– Je n'en ai eu que deux, dit-elle en désignant la dernière part de pizza sur le plateau. Et comme le dit si bien notre nouvel associé : « Jamais deux sans trois » !

TABLE

Conception graphique,
direction artistique et réalisation :
Repères Communication.

Reproduit et achevé d'imprimer
en février 1997
par l'Imprimerie Floch
à Mayenne
sur papier des
Papeteries de Jeand'heurs
pour le compte des éditions
ACTES SUD
Le Méjan
Place Nina-Berberova
13200 Arles

Dépôt légal
1re édition : mars 1997
N° impr. 41047
(Imprimé en France)